Isabelle Azoulay
Schmerz

ISABELLE AZOULAY, geboren 1961, ist in Paris aufgewachsen. Sie studierte Philosophie und Soziologie an der Sorbonne und an der J.-W.-Goethe-Universität in Frankfurt am Main. Promotion über Gewaltbilder in der sexuellen Phantasie von Frauen; Arbeiten über de Sade und die Figur des Libertins; Vorträge und Essays zur Sexualforschung, zu Feminismus und erotischer Kunst. Isabelle Azoulay lebt in Berlin.

Werke: Phantastische Abgründe (Frankfurt am Main 1996); Die Gewalt des Gebärens. Streitschrift wider den Mythos der glücklichen Geburt (München 1998)

Isabelle Azoulay

Schmerz

Die Entzauberung eines Mythos

Aufbau-Verlag

ISBN 3-351-02789-3

1. Auflage 2000

Lektorat Annette C. Anton
Einbandgestaltung Andreas Heilmann, Hamburg
unter Verwendung eines Fotos
von SPL/photonica
Foto Frontispiz Günter Prust
Druck und Binden Kösel, Kempten
Printed in Germany

www.aufbau-verlag.de

Inhalt

Für Johanna Vollmann

Umschreibung einer Provokation

»Ich habe Zahnschmerzen«, klagt die Schülerin im Unterricht von Ionescos Theaterstück »La leçon«[1]. Der Lehrer beachtet ihre Klage jedoch nicht und doziert statt dessen ausschweifend weiter. Sie wiederholt und wiederholt abermals: »Ich habe Zahnschmerzen!« Er doziert stur weiter. Sie wippt vor Schmerzen schon autistisch hin und her. Hin und wieder sagt sie nur noch »Ja« oder »Zahnweh« oder »Au« und »Ha! Ha!« Schließlich sagt sie, der Kopf tue ihr nun auch schrecklich weh, die Augen, ihr Hals, die Schultern, die Brust, die Hüften, die Schenkel und der Bauch. Der Lehrer, der zuerst leichtfertig, dann immer mühsamer ihre Klage überhört, regt sich schließlich derart auf, daß er die Schülerin letztendlich erdolcht.

Ionesco hat hier, in seinem trauten Genre des Absurden, in phantastischer Weise bloßgelegt, welchen einzigartigen Wunsch der Schmerz suggeriert: Er soll mit allen Mitteln aufhören! Das infantile Bedürfnis, das der Schmerz mobilisiert, hat Ionesco in aller Schärfe konturiert: Das, was uns stört, soll weg, sofort, für immer. Der Schmerz reizt unseren Anstand, bis die Situation eskaliert. Ionesco läßt den Schmerz wüten, bis das Spiel umschlagen muß, bis der andere um sich schlägt. Das Dreiste an Ionescos Phantasie ist, daß es ihm keineswegs um das Mitgefühl für den Leidenden geht, sondern vielmehr um das Unbequeme für den anderen. Derjenige, der leidet, verbreitet Beklemmung, wir winden uns angesichts der Störung, die der Mensch im Schmerz verbreitet. Ionesco trifft mit ebendieser Provokation den Nerv der Sache: Durch die bohrenden Schmerzäußerungen seiner Schülerin gerät der Lehrer in einen schieren Wahn. Er liquidiert den Schmerz in der konsequentesten Version, er beseitigt nämlich das nervende Subjekt gleich mit. Der Rahmen des Unterrichts ist durch die andauernden Schmerzen der Schülerin und die sinnlosen Wissensausbeulungen des Lehrers zunichte gemacht, dahingeschmolzen wie eine Uhr von Dali. Der Schmerz zerstört jede Basis der Verständigung, er sprengt alle Abmachungen. Der Schmerz betreibt eine subversive Sabotage an gesellschaftlichen Anbindungen.

Der Schmerz ist nicht kommunizierbar, und indem er sich nicht vermitteln läßt, kann er auf keine Skala gesetzt werden. Jeder Vergleich wäre unzureichend, weil der Schmerz immer die gesamte Person impliziert. Die Intimität, an die der Schmerz in einer jeden Biographie appelliert, läßt sich mit keiner anderen Lebensgeschichte gleichsetzen. Der Schmerz dezentriert das Sein. Er drängt die gesamte Person zum Rückzug. Er kolonisiert die Ereignisse des Tages, so daß der Mensch mit Mühe das Wesentliche aufnimmt. Der Schmerz geht einher mit Unruhe, Unordnung, Weigerung. Er zwingt zur Passivität und generiert somit Auflehnung. Er verletzt die Integrität unserer Ganzheit. Im Schmerz geraten die Fundamente des Individuums ins Wanken, er ist eine Falschmeldung, eine Verdrehung, eine Provokation.

Für den Schmerz gelten besondere Gesetze. Anders als andere Wahrnehmungen läßt er sich in keinen Sinnzusammenhang einordnen, er bleibt immer ein Ausnahmezustand. Jede Wahrnehmung, jede Empfindung geschieht gewissermaßen aus einer Passivität heraus, aber der Sinn, den man ihnen verleiht, gibt ihnen eine Bedeutung, die diese Passivität modifiziert. Das Gesehene, Gerochene, Betastete zum Beispiel wird aufgenommen – ob es die Sinne schmeichelt oder ekelt, es tritt in uns ein, und wir entscheiden und richten über den Stellenwert jeder Wahrnehmung – selbst wenn unser Unbewußtes uns zuweilen überlisten mag. Eine relative Autonomie überläßt uns das Walten über Lust und Unlust. Beim Schmerz aber reißt dieser Bogen: Er ist immer eine Verletzung. Die Verwandlung von Wahrnehmung in Sinn und Bedeutung wird torpediert. Der Schmerz tritt ein, ohne vorher zu klingeln. Er läßt uns keine Wahl. Er bleibt unduldbar, denn er läßt kein Refugium offen. Er strahlt auch jenseits des Körpers. Er nimmt Gesten vorweg, durchquert Gedanken, rüttelt an Beziehungen, verwüstet Empfindungen, verringert die Lebenslust, kontaminiert das gesamte Verhältnis zur Lebenswelt. Mit dem Schmerz lebt man nie in Frieden. Denn er richtet sich immer gegen denjenigen, der ihn erleidet, selbst dann, wenn dieser bemüht ist, einen versöhnlichen Weg mit dem Schmerz zu finden, und irgendwie versucht, ihn zu akzeptieren. Der Schmerz bleibt auch dann eine grenzenlose Ungerechtigkeit, etwas Skandalöses, das sich in unserem Innern breitmacht.

Doch kulturhistorisch sind paradoxerweise die Entdeckungen und Fortschritte der Medizin, die Schmerz lindern oder gar ausschalten können, immer erst zunächst mit Ablehnung betrachtet und behandelt worden. Und dieses Phänomen verfolgen wir bis heute. Warum wurde und wird dieser so segensreichen Erleichterung so widerborstig begegnet? Viele Menschen verweigern bei schmerzhaften Eingriffen die Einnahme von Betäubungsmitteln, auch heute, obwohl die Nebenwirkungen dieser Mittel stets geringer werden oder ganz ausbleiben.

Die Spannung zwischen der unsichtbaren Abwehr der Schmerzlinderung und den Fortschritten der Medizin deckt auf, daß sich die Geschichte des Schmerzes und der Mittel seiner Bekämpfung als Geschichte der Abwehr der Schmerzlinderung lesen läßt. Diese brisante Kluft, die sich bis in die heutige Zeit verfolgen läßt, soll im Mittelpunkt dieser Schrift stehen.

Schmerz ist keine universelle Kategorie; denn Schmerzerfahrungen haben in jedem Zeitalter einen anderen Platz eingenommen. Die katholische Christenheit hat, gestützt durch vielfältige Legenden, den Schmerz in dunkles Märtyrerblut getaucht. Zahlreiche Anthologien der Grausamkeit decken auf, daß das Christentum in seiner Tradition sicherlich die schillerndsten Exzesse zu verbuchen hat. Zittrig schreiten wir durch eine Welt, in der nichts uns sicher ist. Die Unermeßlichkeit hat uns immer wieder im Rausch knebelnder Vorstellungen versinken lassen: Erlösung, Sühne, Versöhnung, Befreiung, Loskauf. Die heilbringenden Strategien zeugen zunächst einmal von einer tiefen Sehnsucht, die Angst vor dem Unermeßlichen zu bändigen. Der am Kreuz hängende Jesus wurde und wird zwar als Bild der Erlösung wahrgenommen, bleibt aber notwendigerweise eine Inszenierung der Affirmation des Leidens und der Negation des Lebens. Wobei dahinter auch immer ein klarer Deal steht: Wird jetzt alles bitter und Schreckliches mir widerfahren, ist der Lohn gesichert, der Weg in die himmlische Herrlichkeit garantiert. Dem fügt der Theologe Lüdemann hinzu: »Diese schauerliche Rechnerei beflügelte nicht nur die altkirchlichen Blutzeugen auf ihrem beschwerlichen Weg zu Gott. Sie sollte sich vielmehr in späteren Zeiten zusätzlich als ein vorzügliches Mittel erweisen, Politik zu betreiben.«[2] Über das Verhältnis zum Schmerz wurde der Mensch – mit seiner Angst vor Gott – im Würgegriff gehalten. Mit Aberglauben eingeseift, war ihm kein Spielraum gegönnt. Erst die Aufklärung räumt damit gründlich auf und modifiziert durch die zentralen Werte, die sie einführt, das Verhältnis zum Schmerz. Der Historiker Darnton berichtet: »Beim Lesen von Tausenden von Briefen von Menschen des achtzehnten Jahrhunderts aus allen Lebensbereichen bin ich immer wieder Zahnschmerzen begegnet. Der Schmerz durchstößt die altmodische Sprache, und der Schreibende dringt in meine Vorstellung ein, wie er verzweifelt darauf wartet, daß ein herumziehender Barbier in die Stadt kommt und durch eine kurze Tortur den langen qualvollen Wochen ein Ende macht.«[3] In seiner Verteidigung der Aufklärung führt Darnton fort: »Wenn wir uns ein wenig mit dem vertraut machen, was die Menschen in der Vergangenheit gelitten haben, kann uns dies durchaus dazu bringen, jede noch so bescheidene Minderung von Schmerzen zu schätzen – den kleingeschriebenen Fortschritt.« Die wirkliche Schmerzbekämpfung, das tatsächliche Ausschalten realer Schmerzen wird zur durchsichtigsten Umsetzung von Befreiung, macht die kleingeschriebene Aufklärung aus.

Es wird häufig beteuert, die maximale Schmerzgrenze sei, je nach Herkunft der Menschen, sehr unterschiedlich. Immer wieder wird gestaunt über kollektiv durchschnittlich höhere oder niedrigere Toleranzgrenzen bezüglich Schmerz. Und so erscheint der Schmerz auch als eine kulturelle Konstruktion. Aber meine These ist, daß die kulturellen Zusammenhänge, die ein Schmerzverleugnen einbetten und derart effizient unterstützen, daß der einzelne Mensch stolz und rechtschaffen durch seine Schmerzerfahrung geht, an anderer Stelle tief ins eigene Fleisch schneiden. Und am Beispiel des sehr speziellen deutschen Verhältnisses zum Schmerz will ich diese anderen Stellen aufsuchen und beschreiben.

Die Wahrnehmung von Schmerz gehört zu den intimsten aller Erfahrungen, auch wenn Zeichen über seine kollektive Eingebundenheit uns staunen machen. Das Gewebe der kulturellen Komponenten, die ein kollektives Verhältnis zum Schmerz bestimmen, ist sehr vielschichtig verflochten. Im Gedränge der verschiedenen Perspektiven haben zunächst Religion und Medizin den Vorrang. Denn die Geschichte des Schmerzes seit der Entdeckung seiner Linderungsmöglichkeiten hat ihre Anfänge dort, wo sich die Medizinethik von der Religion loslöst, wo die Moral sich von Gott emanzipiert. Hinzu kommt, daß wir neben allen kulturellen Implikationen des Schmerzes eine Art Schmerz-Geographie feststellen können. Im 19. Jahrhundert erhält diese Kartographie ihre Färbungen durch die jeweiligen religiösen Koordinaten der Zeit und durch die jeweiligen Debatten über den Schmerz innerhalb der Medizinerschaft, wie sie zum Beispiel in Frankreich lebhaft stattfanden. Und dann gibt es noch eine andere Geographie, ein Nord-Süd-Gefälle, das bei näherem Hinsehen partiell der kulturhistorisch-religiösen Kartographie widerspricht und das wiederum mit dem verbreiteten Atheismus oder, vorsichtiger gesagt, mit der wachsenden Bedeutungslosigkeit des religiösen Glaubens korreliert. Laut vieler Ärzte gibt es eine eindeutige Nord-Süd-Geographie des Schmerzes. Je nördlicher, moderner, westlicher, technisch hochentwickelter, je selbstbewußter und selbstbestimmter die Menschen, desto deutlicher wird der Anspruch auf Schmerzausschaltung. Je weiter man in den Süden gelangt, desto mehr wird der Schmerz als unabwendbar und schicksalhaft verstanden und hingenommen. Bei näherem Hinsehen sind diejenigen, die dieses Nord-Süd-Gefälle am deutlichsten beschreiben, Gynäkologen und Geburtshelfer. Und das modifiziert natürlich diese Aussage, denn wenn es die Frauen sind, die in Schweden emanzipierter und selbstbestimmter sind als in Neapel, tangiert diese Feststellung andere kulturelle Säulen, die über die Religion hinausgehen. Auch wenn wir berücksichtigen, daß Männer und Frauen dem Schmerz gegenüber verschieden reagieren, läßt sich die Feststellung der Geburtshelfer auf Männer übertragen. Denn die Haltung gegenüber dem Schmerz hat mittlerweile insgesamt mit Lebensqualitäts-Standards und Emanzipation zu tun. Und das, obwohl hinter diesen Standards unsichtbar noch die alten religiösen Prinzipien bestimmend sind.

Hinzu kommt, daß der weiße Kittel per se nicht mehr so richtig Furcht einflößt. Einem inkompetenten Arzt kann man mit dem Anwalt drohen oder schlichter noch die Gelben Seiten aufschlagen und den nächsten suchen. Die Flexibilisierung und allgemeine Demokratisierung der Gesellschaft hat die Autorität der Ärzteschaft verändert beziehungsweise vermindert. Wir erwarten Autorität aufgrund von Kompetenz und dulden kaum mehr noch autoritäres Verhalten. Diese Grundhaltung, die auch den medizinischen Apparat zu einem fast transparenten Markt macht, läßt ihn als Dienstleistungskonvolut erscheinen. Aufgrund der verschieden angelegten Sparkurse von staatlicher Seite herrscht plötzlich unter Ärzten eine rege Konkurrenz. In vielen Bereichen medizinischer Institutionen und auf dem freien Markt müssen nicht selten Ärzte um ihre Klientel ringen, sie regelrecht umwerben. Diese neuen Bedingungen modifizieren die Rolle der Ärzte, genauer gesagt, sie verändern die Arzt-Patient-Beziehung, und diese Aspekte erschweren es, über Schmerzgeographie allgemeine Aussagen zu machen.

Wenn wir jedoch über eine Geographie des Schmerzes sprechen, meinen wir eigentlich eine Geographie der Schmerzäußerung. Die Schmerzäußerung variiert von Region zu Region. Die kulturellen Faktoren bestimmen jeweils, inwieweit Schmerzäußerungen zugelassen werden. Das Spannende daran ist, daß das Zulassen die Schmerzwahrnehmung stark beeinflußt. Es geht also um Jammern- und Schreien-Dürfen oder Nicht-Dürfen. Die Geographie des empathischen Ausdrucks hat noch eine andere Seite. Menschen aus südlichen Kulturen können ihren Schmerz laut ausdrücken, während die Schmerzäußerung, geht man weiter in Richtung Norden, eher unterdrückt wird. Je nördlicher man kommt, um so mehr gilt das Schreien als peinlicher Kontrollverlust. Bemerkenswert ist aber, daß sich dieses Nord-Süd-Gefälle ebenfalls in der Sensibilisierung und im Interesse der Ärzte abzeichnet. Es ist anzunehmen, daß die Ärzte selbst genauso ein Nord-Süd-Gefälle aufweisen, insbesondere im Hinblick auf die Aufrichtigkeit ihres Interesses an einem mündigen Patienten. Der Leiter der Münchner Universitäts-Frauenklinik, Prof. Stauber, schreibt dazu in einer Publikation der Gesellschaft für psychosomatische Geburtshilfe und Gynäkologie (die den aufgeklärteren Flügel dieser Zunft ausmacht): »Dieses Nord-Süd-Gefälle zeigt(e) sich darin, daß: 1. Deutlich weniger Kolleginnen und Kollegen aus Süddeutschland die psychosomatischen Fortbildungsveranstaltungen für Gynäkologie und Geburtshilfe besucht haben. 2. Deutlich weniger wissenschaftliche Arbeiten zur psychosomatischen Geburtshilfe und Gynäkologie aus dem süddeutschen Raum kommen und 3. deutlich weniger Mitglieder der deutschen Gesellschaft für Psychosomatische Geburtshilfe und Gynäkologie aus Baden-Württemberg oder Bayern kommen.«[4] Das Interesse an Schmerz in Forschung und Medizin spiegelt also ebenfalls dieses geographische Gefälle.

Das Verhältnis zum Schmerz ist derart vielschichtig, daß man geneigt ist, zu sagen, die interdisziplinäre Betrachtungsweise, die es erfordert, ist eine quasi unmögliche. Nur Mosaikstücke lassen sich zusammentragen. Das vollständige Bild wäre ein Lebenswerk. Und das bereits, wenn wir in Europa bleiben. Ich möchte grundsätzlich Abstand nehmen von jenen Stimmen, die von der Schmerzunempfindlichkeit der Menschen »im Busch« berichten. Meistens verbieten die unterschiedlich besetzten und zu weit voneinander entfernten Parameter der jeweiligen Kulturen solche Vergleiche. In einer dubiosen Arglosigkeit sorgen sie nicht zuletzt für eine rassistische Färbung, da sie mit einem sehr prekären Wissen über die ferne Kultur in der Regel zu einer Verherrlichung des vermeintlich unberührten und unneurotischen »Wilden« tendieren. Einen solchen exemplarischen Mißbrauch demonstrierte Schiefenhövl (der sich als Humanethnologe vorstellte) auf dem Deutschen Schmerztag 1998. Er führte uns in der Frankfurter Kongreßhalle Filmaufnahmen von schwarzen nackten Menschen im Wald vor, die sich, ohne zu schreien, kleine Holzstäbchen durch die Nase bohrten. Als sollten wir die Kontroverse von Valladolid erneut entscheiden: Sind es eigentlich menschliche Wesen? Ja, schau, sie haben kaum Kultur und kennen keinen Schmerz! Erstens zeugte die Art der Aufnahme, die ausschließlich diesen für uns spektakulären Vorgang als Ausschnitt präsentierte, von einer unsagbaren Respektlosigkeit. Es gibt eben eine Art, das Fremde interessant und harmlos zu finden, die verräterisch ist. Zweitens ist der Unterschied ohne jeglichen Kontext von Bedeutung und Kommunikation mit den Betroffenen an und für sich uninteressant, weil er ausschließlich von unseren Projektionen besetzt ist. Unterschwellig wollen uns diese Berichte sagen, daß der Anspruch auf Schmerzfreiheit eine dekadente Forderung sei.

Mein Vorschlag: Bleiben wir in unseren Gefilden, sie geben schon so viel her. Allein der Unterschied im Umgang mit dem Schmerz in Deutschland und Frankreich gibt zu staunen und ist derart aufschlußreich, daß wir dem gemeinen Schauer des Ethnozentrismus getrost fernbleiben können.

Vom wilden Tier zum tückischen Warnsystem

In der griechischen Tragödie wird der Schmerzäußerung eine phantastische Arena freigeräumt. Dabei wurde das Verhältnis zwischen Mensch und Schmerz häufig mit den Metaphern einer Jagdszene geschildert. Ein wildes Tier lauert seiner Beute auf und überfällt den Menschen schließlich, um ihn in einem erbitterten Kampf in den Tod zu reißen. Diese Szenen führen den Schmerz ungeschminkt vor, ohne Attitüde, denn der Wille der Götter ist im Spiel, und dieser Wille wird quasi vom Leidenden übernommen. Der Mensch im Schmerz wird auch phasenweise selbst zum wilden Tier, entfesselt und schreiend, der Bestie gleich, die ihn anfällt. Hier trägt der Schmerz zur Wahrhaftigkeit der Erzählung bei. Er versinnbildlicht den Fluch der Götter. Für das kollektive Bewußtsein stellt er dort auch nie etwas Peinliches dar. Im Gegenteil, der Schmerz dokumentiert auf unersetzbare Weise den Nerv des Gegenstandes. Er »zeigt« die Wahrheit.

Mit Hippokrates wird der Schmerz zum ersten Mal entzaubert, er wird als Zustand begriffen, der die Harmonie des Körpers stört. Später wird der Schmerz in der aristotelischen Tradition als eine besondere Form des Affekts verstanden. Und wie die anderen Gefühlszustände auch, ist der Schmerz mit dem Herz verbunden. Claudius Galen, Arzt um 160 v. Chr., lokalisiert das Schmerzzentrum schon im Hirn. Mit der mechanistischen Philosophie, hauptsächlich mit Descartes, stellt sich im 17. Jahrhundert eine Wende ein, nun geht es um eine Empfindung, die durch die körperliche Maschine entsteht. Der Schmerz wird dann verstanden als »der Exzeß beanspruchter Sinne«, der Mensch tritt in den Hintergrund, eigentlich ist die Maschine gemeint. Von nun an wird die Krankheit als technischer Fehler eingekreist und behoben, es gilt, die Maschine zu reparieren, die Krankheit zu beseitigen. Dabei wird das eigentliche Ziel, Schmerzen zu beheben, aus den Augen verloren. Höchstens am Rande wird der Schmerz als Bestätigung von Diagnosen registriert. Mit dieser neuen Haltung werden fürchterliche Schmerzen in Kauf genommen. Die therapeutische Methode hat Vorrang, selbst dann, wenn sie noch mehr Schmerzen verursacht. Nebenwirkungen von Medikamenten, Narben, postoperative Leiden lassen den Arzt indifferent. Bis zur Mitte des 20. Jahrhunderts haben die Fortschritte der Medizin diese Haltung des Wegschauens bestärkt. Der Schmerz ist die kaum abwendbare Kehrseite der Medaille und wird mit gutem Gewissen erduldet. Dieses Verständnis hat maßgeblich zur Abkoppelung des Mitgefühls beigetragen und somit dem Menschen in seinem Verhältnis zum Schmerz sadistische Konturen verliehen.

Um den Schmerz zu verstehen, kann man sich nicht auf den Körper verlassen, sondern es gilt, im Individuum und seiner komplexen persönlichen Geschichte zu suchen. Es gibt viele Stationen zwischen dem Schmerzherd und der Empfindung. Verschiedene Filter können den Schmerz mindern oder verstärken. Andere Empfindungen schließen sich an und können den Schmerz temperieren – Kälte, Wärme, Massage –, andere Bedingungen, die in vielen Therapieverfahren genutzt werden, können ihn eindämmen: Konzentration, Entspannung, Ablenkung. Wieder andere steigern die Empfindung, wie Angst oder Übermüdung. Sich den Schmerz anzuschauen bedeutet, sich einem Gegenstand zu nähern, der per se dual ist, biologisch und kulturell. Denn es gibt keinen Schmerz ohne Leiden, das bedeutet, daß er niemals von seiner affektiven Anbindung getrennt verstanden werden kann, also von dort, wo er in die psychische Dimension aufgenommen wird. Es gibt keine Grenze zwischen Schmerz und Leiden, zwischen Sinneswahrnehmungen und Gefühlen. Es sind nicht zwei Kategorien, zwei Register, die je nach Temperament miteinander verbunden werden oder nicht. Sie sind immer miteinander verwoben.

Schmerz hat eine Sprache, und wie jede Sprache folgt er Regeln, hat gestattete und verbotene Zonen: Verkrampfungen, Tränen, Schreie, Stöhnen usw. Roselyne Rey beschreibt die Dialektik dieser Sprache als »zwischen Beschwörung und Offenbarung pendelnd«.[5] Im Schmerz wankt immer die physische Integrität. Ihre Art zu wanken verrät die eklatanten kulturellen Unterschiede. Je nachdem, welchen Schutz die physische Integrität in einer Kultur genießt, entfalten sich mehr oder minder die Beachtung und die Aufmerksamkeit, die dem Schmerz zuteil werden. Es geht hier weniger darum, den Sinn zu beschreiben, der dem Schmerz jeweils verliehen wurde, sondern zu schauen, wie sich diese kollektiven Besetzungen mit Werten in die individuelle Empfindsamkeit übersetzt haben. Wie entsteht aus kulturell vorgegebenen metaphysischen Idealen die mehr oder weniger resistente, duldende Haltung gegenüber Schmerz?

Die Schmerzerfahrung schult die Schutzhaltung. Wie bei einer permanenten Aura, deren Erspüren Signale hervorruft, die sofortige Vorsicht auslösen. Bei Lepra zum Beispiel ist eines der Symptome die Unempfindlichkeit. Der Verlust der Extremitäten ist eine Folge davon, daß Verletzungen vom Erkrankten tragischerweise nicht wahrgenommen werden. Allein die Sicht oder das Gehör können diese Schutzfunktion übernehmen. Schmerzen zeugen in gewisser Weise von der Lebendigkeit der Körpergrenzen und sind elementar für die Selbsterhaltung. Ohne diese potentielle Alarm- und Schutzfunktion wäre der Mensch seiner Umgebung vollkommen ausgeliefert. So gesehen kompensiert die Alarmfunktion unsere immense angeborene Fragilität.

Dennoch bleibt diese Schutzfunktion zwar die fundamentale, aber bei weitem nicht die einzige Dimension, die der Schmerz in uns bestimmt. Die Komplexität dessen, was das Individuum mit der Welt vereint, fügt sich zum Verständnis von Schmerz erschwerend hinzu. Wir müssen uns dringend von der Idee der Wohltat des Schmerzes als Schutz lösen. Zumal wir nicht außer acht lassen können, daß diese Signalfunktion zu häufig launische, wenn nicht gar hinterlistige Züge aufweist. Wie oft schlummern dramatische Entwicklungen im Körper, und die Signale schweigen, bis es zu spät ist. Bei zu vielen Krankheiten meldet sich der Schmerz erst, wenn Heilung nicht mehr möglich ist. Vor was schützt er nun noch? Gegen wen, wofür? Welch ein tückisches Warnsystem, das warten kann, bis es fatal wird! Dort, wo der Schmerz als Schutz angesehen wird, fungiert er als anthropologische Beschreibung: Wie gut, daß, wenn ich mir den Finger einklemme, ich ihn aufgrund des Schmerzes sofort zurückziehe. Über die Beobachtung dieser Funktion hinaus ist das Verständnis des Schmerzes als Hilfe ein Atavismus aus der Tradition religiöser

Demut. Es ist nicht nur ein entsetzliches Überbleibsel aus roher Vorzeit, sondern vollkommen unzeitgemäß geworden durch das, womit uns Wissenschaft und Menschenrechte beglückt haben.

Und trotzdem wird die sogenannte Überwindung von Schmerz oft als Bereicherung angepriesen. Die Sehnsucht beziehungsweise Sucht nach Intensität, die sich in unserem kulturellen Zusammenhang zunehmend Platz verschafft und äußerst bizarre Formen annimmt, läßt in noch vielen Enklaven die Erfahrung von Schmerz, die in der Tat das Individuum an seine Grenzen treiben kann, als positiv besetzt erscheinen.

Der Schmerz ist schädlich, quälend, verletzend, demütigend, kurzum überflüssig. Zwingenderweise entmündigend, ist er ein kapriziöser Überfall auf unsere innere Ordnung. Diese innere Ordnung erstellt die Basis aller unserer Fähigkeiten, alle Möglichkeiten des Aus-sich-Herausgehens. So logisch und erbarmungslos tangiert der Schmerz eben auch alle unsere Fähigkeiten. Er pfeift uns autoritär zurück. »Hier geblieben! Hausarrest für die gesamte Person!« lautet der Befehl. Mediziner, die sich für die Förderung seiner konsequenten Bekämpfung stark machen, erscheinen als Menschenrechtsadvokaten der Schmerzopfer, um diese unverzüglich aus der Unmündigkeit zu befreien. Diese Ärzte, die nun aufstehen, sich versammeln und aufklären, leisten eine Arbeit, die deutlich politische Couleur erhält. Neutralität ist nun der Inkompetenz und der Feigheit nahe. Der Arzt agiert jetzt bei jedem schmerzgeplagten Patienten im Zeichen der Not. Auf den Kongressen jener Phalanx von Schmerzärzten verbreitet sich eine Stimmung, ein Ton, daß man denken könnte, man sei auf eine Veranstaltung von Amnesty International geraten. Es geht ums Ganze.

Soweit wir zurückschauen können, haben die Menschen immer versucht, den Schmerz als sinnstiftend zu denken. Celsus, Gelehrter des ersten Jahrhunderts, verfaßte eine Enzyklopädie, die acht Bände der Medizin widmete. *De re medicina*[6] mag heute das kostbarste Dokument sein, über das wir zum medizinischen Wissensstand in der Antike verfügen. Dort werden unter anderem die laufenden Debatten der Mediziner wiedergegeben, und es zeichnet sich bereits damals ab, daß sich die Zunft in drei Gruppen aufteilen läßt: Die Dogmatiker, die man als Ursachenforscher charakterisieren kann, die Empiristen, die die Erfahrung zentral im Augenmerk haben, und die Methodiker, die sich an die gemeinsamen Nenner von Krankheitsabläufen halten und somit das Spezifische im Menschen vernachlässigen. Celsus drückt sich zum Schmerz sehr nuanciert und differenziert aus. Hier ist dennoch der Schmerz auf seine Signalfunktion beschränkt, wenngleich er als solcher für die Diagnose zentral ist und den weiteren Verlauf der Therapie vorgibt. Sein Sinn erschöpft sich in den Zeichen, die er dafür hergibt. So wird je nach den Umständen, unter denen ein Schmerz auftritt, das Schmerzempfinden dekodiert, den Regeln einer Semiotik entsprechend, die sehr an Hippokrates angelehnt bleibt. Wahrscheinlich ebenfalls aus dem ersten Jahrhundert stammt die möglicherweise erste Abhandlung über chronische Schmerzen von Aretee. Danach versinkt die westliche Welt bis Descartes in wissenschaftlicher Finsternis. Diese unendliche Pause erklärt gewiß die Starrheit und Zäheit gegenüber dem neuen Denken, als endlich Bewegung in die Erkenntnisse gelangt. Die Widerstände beispielsweise gegenüber der Idee des Blutkreislaufs sind lähmend. Das alte Wissen ist angsteinflößend wie eine unüberwindbare

Doktrin; Hippokrates und Galen bestimmen nach wie vor die drückende Orthodoxie. Die angestaubte Zunft der Mediziner ist Gegenstand der burlesken und dennoch scharfen Kritik, die Molières eingebildeter Kranker vorführt[7]. Die Figuren der Ärzte, Docteur Diafoirus und sein Sohn Thomas, entlarven das Gehabe der Ärzte, ihre hochgestochene Eloquenz, ihren pseudowissenden Jargon, ihre hohlen Phrasen und pedantischen Allüren. Die Diagnosen erfolgen rasch und einfallsreich, die Medikation, Allerweltsheilmittel, fließen in würdevolle Gesten und sind im weitschweifigen Geschwätz verfangen.

Und dabei verharrt der Schmerz in seinem Stellenwert als notwendige Prüfung, Vorstufe zum großen Glück, Strafe oder Schicksal. Die Mühe, ihn zu integrieren, kennzeichnet seine Geschichte. Stets an ethische und religiöse Hintergründe gebunden, wurde das Verhältnis zum Schmerz immer durch den Glauben verändert. In den religiösen Traditionen lassen sich meistens Wohlstand und Gesundheit an die Befolgung der göttlichen Gebote knüpfen. Gesetzesüberschreitung hingegen wird mit Unglück und Leid bestraft. Die Strafe trifft den, der sich von den göttlichen Geboten abwendet. Schmerz ist Zeichen von Fehlverhalten. Aber schließlich werden die Geistlichen auch von Zweifeln heimgesucht: Es gibt die Bösen, die nach dem Maßstab von Bösen behandelt werden, und es gibt die Bösen, die nach dem Maßstab der Gerechten behandelt werden – und ganz fassungslos machen sie die Gerechten, die nach dem Maßstab der Bösen behandelt werden. Das Gerechtigkeitsempfinden stößt an immer schwerer integrierbare Widersprüche. Diese Risse kündigen den Aufbruch in ein neues Zeitalter an, das auch die Entdeckungen der schmerzlindernden Verfahren auf den

Plan ruft. Oft lehnten sich die Gerechten auf gegen die Belohnung der Bösen und die Bestrafung der Tugendhaften. Das Leid des Gerechten wird als unbegreifliches Rätsel angesehen. Hier tendiert Schmerz dazu, die Grenzen religiösen Glaubens aufzudecken. Durch die Erbarmungslosigkeit realer Schmerzen und durch die Unerbittlichkeit von Ungerechtigkeit, die derart viel Leid verbreitet, werden religiöse Wahrheit und göttliche Weltlenkung zwangsläufig zunehmend in Frage gestellt. An diesem Punkt wurde religiöses Denken gezwungen, Flexibilität zu zeigen. An diesem Funken der Erschütterung über die Ungerechtigkeit setzten vor der Aufklärung bereits die neuen Ansätze an, die später die Akzeptanz für die Erleichterung von Schmerzen fördern werden. Mit der Idee, daß es keinen angeborenen Gedanken gibt und daß die Empfindung die ursprüngliche Quelle der Erkenntnis ausmacht, wird jeder Wahrnehmung eine grundsätzlich neue Aufmerksamkeit zuteil. Das ermöglicht zugleich den Zugang zu den physiologischen Bedingungen von Empfindung. Es wird allmählich möglich, den Schmerz ganz außerhalb eines Zusammenhangs von Sünde, Sühne oder Strafe zu begreifen. Das bedeutet im 18. Jahrhundert keineswegs, daß der Schmerz frei von Moral gedacht wird. Aber die relevanten Kategorien, um die es nun geht, sind gesellschaftliche geworden. Die Register appellieren nicht mehr an religiöse Belange im eigentlichen Sinn. Es findet eine Verweltlichung des Schmerzes statt. Der Schmerz wird im medizinischen Denken gewissermaßen säkularisiert. Dieser Prozeß wurde jedoch in Frankreich konsequenter als in Deutschland vollzogen. Und dieser Unterschied schlägt sich bis heute nieder, trotz technisch äquivalenter, hochentwickelter Standards.

Vermeidung als oberstes Ziel. Die Debatten um Gott und den Schmerz

Zu Beginn des 19. Jahrhunderts entsteht in der Ärzteschaft, und zwar angestachelt von den Chirurgen, ein Streit um ein neues Verständnis des Schmerzes. Die Annahme, der Schmerz sei der Begleiter einer Genesung, einer erfolgreichen Operation, einer jeden Geburt und überdies gottgewollt, gerät ins Wanken. Es ist anzunehmen, daß dieser Glaube noch Anfang des 20. Jahrhunderts tief in den Überzeugungen und Verhaltensweisen verankert ist, auch wenn bereits das Licht der Wissenschaft längst auf andere Wege weist.

Die ersten Dispute der Mediziner über Anästhesie liefern viele entscheidende Überlegungen, die den Blick auf den Schmerz tangieren und die das Dilemma, vor das uns der Schmerz bis heute stellt, hervorragend dokumentieren: Nur langsam trennt man sich von der Idee, daß dem Schmerz eine Sünde vorausgegangen sein muß. Oft kann man noch heute beobachten, daß der Schmerz von der Idee der Sünde gar nicht richtig abgenabelt ist.

Der Kontext, in dem in England, Deutschland, Frankreich und den USA die Möglichkeiten von Anästhesie entstanden und aufgenommen wurden, gibt Aufschluß über die relevanten Fragen, die den Schmerz an seinem Lebensnerv treffen. Die Argumente, die Ausreden, die Ablehnungen und Widerstände und die Verzögerungen zeigen, wie zäh und mühsam die Anästhesie in der Medizingeschichte ihren Weg behauptet. Der medizinische Kontext läßt dort noch den schweren Schatten religiöser Vorsätze und Maßregelungen erkennen und bindet diese Entdeckungen in ein komplexes Geflecht von Legitimationen ein.

Der Pariser Apotheker Derosne wagt 1803 als erster chemische Experimente mit Opium. Das größte Problem dabei war die komplizierte Zusammensetzung des Opiums. Das hat die Dosierungen und die Wiederholung identischer Experimente auf verwirrende Weise erschwert. Als 1803 der Apotheker Friedrich Wilhelm Sertürner aus Westphalen reines Morphium isoliert, werden sicherere Dosierungen vorgenommen, und die Experimente mit dessen schmerzstillender Wirkung nehmen im klinischen Bereich rapide zu. Wie ein Flächenbrand ziehen die Berichte und Ergebnisse durch die Länder. Die immense Aufregung um diese Entdeckungen scheint ansteckend zu sein. Bemerkenswerterweise werden zur gleichen Zeit, wie so häufig bei wichtigen Entdeckungen, an verschiedenen Orten vergleichbare Experimente gemacht. In zahlreichen Berichten werden die Dosis und Wirkung von Äther und Morphium protokolliert. Um die Mitte des 19. Jahrhunderts finden, mitten im Sturm von Debatten, die neuen Betäubungsverfahren verbreitet Anwendung – für die Ärzte eine ganz neue Situation: Die Regungslosigkeit des Körpers lenkt den Chirurgen nicht mehr von seiner Arbeit ab. Die Teilnahmslosigkeit des Patienten, die den Arzt ganz auf sich zurückwarf, war sicherlich für den Chiurgen nicht minder beängstigend als die Notwendigkeit, trotz starker Schmerzen und lauter Schreie weiteroperieren zu müssen. Eine hitzige Diskussion ergreift die Ärzteschaft, die sich vor der Aufgabe sieht, die sensible

Grenze zur Überdosis zu definieren, Kontrollverfahren und Regeln zu schaffen. Restriktionen werden formuliert, die Angst, Abwehr und das Bewußtsein der Verantwortung der Ärzte in Anbetracht eines heiklen Verfahrens bezeugen. Der Wille des Patienten sei unverzichtbar, heißt es bei den einen; leichte Eingriffe, beispielsweise Mandelentfernungen, brauchten keine Betäubung, argumentieren die anderen. Hier bereits taucht die Frage auf, ob die Anästhesie ein Weg sein könnte, die Frauen bei Geburten von ihren Qualen zu erlösen. Der Pariser Chirurg Blandin wendet gegen die Betäubung mit Äther ein, daß die Tatsache, daß der Patient sich an nichts mehr erinnere, nicht bedeuten müsse, er habe nicht gelitten, auch wenn es sich seinem Bewußtsein entziehe: ein schwer zu widerlegendes Argument. Aber all diese Stimmen gegen den Einsatz von Betäubungsmitteln werden rasch leiser.

Seit der Renaissance hat sich die Stellung der Chirurgen extrem gewandelt. Zuvor hatte ihre Rolle einen eher unheimlichen Beigeschmack: »Der Chirurg, (...) der die gefährliche Arbeit unternimmt, die verborgenen Tiefen des Leibes sichtbar zu machen, der Hand anlegt an die Ordnung, die Gott im Schoß seiner Kreatur eingerichtet hat, ist auf eine Weise luziferische Person (...)«[8] Im 17. und auch noch im 18. Jahrhundert sind sie eher Vollstrecker, Handwerker. Bei Vorführungen von Sektionen an der Universität bleiben sie stumm, während die Ärzte kommentieren und dozieren. Innerhalb der Medizinerschaft sind sie noch Randfiguren wie die Apotheker. Erst im 19. Jahrhundert werden sie, durch ihre vorrangige Bedeutung in Kriegszeiten, eher berücksichtigt als zum Beispiel Zahnärzte und andere Kollegen und nehmen in den

Debatten eine Vorreiterrolle ein. In der Entwicklung der Auffassungen insbesondere zum Schmerz spielen sie schließlich eine entscheidende Rolle. Die eiligen Amputationen auf den Schlachtfeldern erfordern rationelles und effizientes Vorgehen unter extremen Bedingungen. Und sie erfordern übermenschliches »Durchhaltevermögen«. Und genau hier geriet bezüglich des Schmerzes im Bewußtsein der Ärzte etwas in Bewegung. Baron Larrey, der erste Chirurg der napoleonischen Garden und Generalinspektor im Dienst der Gesundheit der Armee, beschreibt sehr beeindruckend seine Bestürzung über seine Erlebnisse auf den Schlachtfeldern.[9] Er ist erschüttert über die Qualen, die Soldaten durchmachen. Am Beispiel von Larrey läßt sich klar erkennen, aus welchem Stoff der Fortschritt gemacht wird. Seine Protokolle machen deutlich, für wie dringlich er die Lösung dieses Problems hält. Larrey schließt aus seinen Erfahrungen, daß die Schmerzvermeidung als oberstes Ziel des medizinischen Fortschritts zu gelten habe. Larrey muß vehemente Anfeindungen aus der Kollegenschaft hinnehmen. So wie anderthalb Jahrzehnte später auch Émile de Gérardin, der 1828 der »Académie de Médecine« die Anästhesieversuche aus Großbritannien vorlegt, wird Larrey in Fachkreisen isoliert. Die Körperschaft der französischen Mediziner zeigt Skepsis und sogar Verachtung.

In der ersten Hälfte des 19. Jahrhunderts scheint das Dilemma zwischen der Einsicht in die Nutzlosigkeit und Unerträglichkeit von Schmerzen einerseits und der Überzeugung, daß es dagegen kein Mittel geben könne andererseits, unauflösbar zu sein. Obwohl die Auswege schon greifbar nahe sind, bleiben sie dennoch unbeachtet. Die aus dem Jahr 1840 stammende Feststellung von Alfred Velpeau, »den Schmerz durch künstliche Mittel zu umgehen ist eine Chimäre«[10], wird häufig in der medizingeschichtlichen Literatur als Beweis für die Indifferenz der Ärzte gegenüber körperlichen Leiden herangezogen. Man sieht darin den Beleg für die Einstellung der Ärzte, Schmerz zum Schicksal oder gar zum notwendigen Begleiter von Genesung zu erklären. Bei Operationen, die häufig öffentlich sind, lieferte er den Beweis von Vitalität und erzeugte für das Publikum den unabdingbaren Spannungseffekt. Derselbe Velpeau zeigt sich aber 1847 als vehementer Befürworter der Anästhesie. Er verfaßt in seinen »Leçons« eine Ethik des Arztes gegenüber dem Problem des Schmerzes, in der er die Rechte des als Subjekt verstandenen Kranken und die Pflichten des Arztes formuliert.

Der Edinburgher Professor für Geburtshilfe James Young Simpson setzt am 19. Januar 1847 Äther bei einer Entbindung ein. Sein Bericht erreicht im März 1847 das *Monthly Journal of Medical Science*[11], gleichzeitig präsentiert er sein Verfahren der Fakultät für medizinische Chirurgie von Edinburgh. Nachdem er im Selbstversuch und an seinen Assistenten mit der Wirkung von Äther experimentiert hat, ersetzt er es schon im November 1847 durch Chloroform. Auf der einen Seite sind viele durch die leichtere Handhabung von Chloroform endlich beruhigt, denn es gibt hier nicht mehr wie bei Äther eine kurze Phase der Hyper-Erregtheit unmittelbar nach der Applikation. Diese leichtere Handhabung läßt aber nun andere Stimmen der Kritik lautwerden: Hier widersetzte man sich der Absicht Gottes, die den Frauen auferlegt habe, unter Schmerzen zu gebären. Doch Simpson hält dagegen, daß Gott Adam, als er ihm eine Rippe entfernte, um ihm eine Begleiterin zu schenken, in einen tiefen Schlaf versetzt habe. Somit sei Gott als der erste Anästhesist anzusehen. Diese »Ausrede«, die wir heute belächeln und eher witzig finden können, stellte damals ein ganz ernstes Argument dar – sozusagen ein heikler Schleichweg durch das Gestrüpp religiöser Dogmen. Die Not, sich zu rechtfertigen, machte solche Geschichten zum sehr seriösen Bestand einer wagemutigen Legitimation.

In etlichen Publikationen wird 1848 von den inzwischen 150 unter Betäubung durchgeführten Geburten berichtet. Die Risiken für Frau und Säugling werden diskutiert, vor allem die Gefahr, daß die Betäubung der uterinen Muskulatur die Wehen verhindere. Der Chirurg Paul Dubois macht es seinen britischen Kollegen nach. Er führt in Frankreich fünf Entbindungen unter Narkose durch und konstatiert keine Änderung der Wehen, hingegen berichtet er von einer für die Preßwehen günstigen Erschlaffung des Dammes. Obwohl alle diese Erfahrungen zu bestätigen scheinen, daß Geburten unter Ätherbetäubung schmerzfrei und relativ gut verlaufen, entscheidet sich Dubois schließlich gegen diese »Applikationen«: »Schließlich scheint es, daß die Natur der Dinge allgemein sich gegen die Anwendung von Äther in der Kunst der Entbindungen widersetze. Während der Geburt ist alles unvorhersehbar, alles hat etwas von einem Notfall. Und kann der Geburtshelfer jederzeit ein Äthergerät bei sich führen? Und wenn er es erst besorgen muß, wäre da die Zeit nicht für Noteinsätze erforderlich?«[12] Dubois hat, so scheint es, Angst vor der eigenen Courage. Der Widerstand, den wir hier deutlich spüren können, weil Paul Dubois ihn so aufrichtig ausspricht, markiert eine Schaltstelle im Verhältnis zum Patienten. Denn die Ohnmacht, in die der Patient durch die Betäubung versetzt wird, nimmt ihm den Staffelstab des Agierenden aus der Hand und reicht ihn dem Arzt. Hier läßt sich genau festhalten, wie sehr der »Notfall«, den jede Narkose enthält, auch für die Ärzte zutrifft. Nicht mehr der Patient ist in Not, der Arzt gerät in die Not seiner Verantwortung für ihn. Und Dubois verweigert sich. Seine Kollegen Alfred Velpeau und Malgaigne protestieren und weisen ihn darauf hin, daß die Protokolle seiner Beobachtungen im Widerspruch zu den Schlüssen stehen, die er zieht.

Die Presse schaltet sich in die Diskussion um die Schmerzlinderung mit ein, als die Wissenschaftler noch untereinander das Für und Wider diskutierten und noch keine öffentlichen Stellungnahmen verkündet sind. Die humoristische Zeitung *Charivari* und andere Zeitungen machen sich zum Sprachrohr der Neuigkeiten um das Wundermittel Äther. So findet sich hier das erste Beispiel für die Einmischung der Presse in eine wissenschaftliche Debatte – ein Übergriff, der zweifelsohne unter dem Druck der Hoffnungen der Öffentlichkeit geschieht. Die ersten Warnungen, das Publikum könne mittels der Presse Druck ausüben und die Unvoreingenommenheit wissenschaftlicher Standpunkte tangieren, werden ausgesprochen.

Währenddessen experimentieren in den USA Samuel Guthie, in Frankreich E. Soubeiran und in Deutschland Justus Liebig mit den Derivaten des Äthers und mischen die Lösung zusammen, die wir Chloroform nennen. Seine längere Wirkung macht die Betäubung kalkulierbarer, aber nicht weniger riskant. Am 7. April 1853 betäubt John Snow erfolgreich die Königin Viktoria, um ihr viertes Kind zu entbinden.

Dennoch verschärfen einige Todesfälle bei Operationen unter Narkose die immer noch vehemente Debatte über Risiken, Rücksichtnahme und Verantwortung. Ähnlich grundsätzlich wie die ethischen Vorhaltungen von Jean le Rond d'Alembert gegen die Pockenimpfung bewegt sich der Streit um die Betäubung in der Polarität der Interessen von Gemeinschaft contra Individuum. D'Alembert stellte die Gefährdung des einzelnen dem Schutz der Mehrheit gegenüber. In seltenen Einzelfällen hatte die prophylaktische Impfung den Tod von Menschen verursacht, die sonst vielleicht nie Pocken bekommen hätten oder die der normale Krankheitsablauf nicht gefährdet hätte. Auch hier gerät die medizinische Ethik schon bald auf deutlich politisches Terrain. Zwei ethische Auffassungen scheiden damals die Geister: das Leben als absoluter Wert oder das Leben als hohes Gut, aber nicht um jeden Preis. Das zweite siegte schließlich. Die jungen Grundsätze des rationalen Denkens stoßen sich die Hörner ab. Die Wissenschaftler von 1848 wußten sehr wohl um den politischen Charakter der verschiedenen Argumente. Malgaigne und die ersten Experimentierer mit Äther oder Chloroform wußten, daß sie eine politische Entscheidung trafen, zugunsten einer Medizin ohne Schmerz, die das Risiko von tödlichen Unfällen auf sich nahm. Erst retrospektiv erscheint diese Entscheidung als notwendig und legitim.

Die damaligen Justiz- und Bildungsminister verlangten von den Ärzten nicht, die Pro- und Contra-Betäubungs-Argumente zu erläutern; sie verlangten von den Ärzten, über die Unschädlichkeit von Chloroform zu entscheiden, um seine Anwendung zu erlauben. Die Politiker holen sich vom Ärztestand eine Garantie, eine Versicherung, delegieren hier unmißverständlich ihre Entscheidungsmacht und führen somit die Ärzte in eine Rolle, um die sie nicht gebeten hatten. In einer Zeit, in der noch viele Unfälle vorkommen, ist die Angst unter den Ärzten sehr verbreitet. Der Arzt übernimmt die Verantwortung für die Dosierung der Wundermittel. Und viele herzschwache Patienten bleiben auf der Strecke, ohne daß die Zusammmenhänge dieses Versagens klar erkannt wurden. Diese Angst schlägt sich in den vehementen Anfeindungen gegen die neuen Betäubungsverfahren nieder. Schließlich wird die Anwendung von Betäubungsmitteln erlaubt, aber mit dem Gebot, sie nur erfahrenen Händen zu überlassen. An dieser Stelle treffen sich Ärzte und politisch Verantwortliche. Befugnis und Verantwortung müssen erneut präzise definiert werden. Der Stand der Mediziner festigt seine Macht direkt auf den Fundamenten der Rechtsprechung. An diesen ersten Absprachen zwischen Wissenschaftlern und Politikern nehmen die Bürger natürlich nicht teil. In diesen Absprachen steckt in erster Linie der Unwille der Regierenden, die Unsicherheiten der Forschung dem einzelnen Bürger zur gedanklichen Disposition zu stellen. Gleichzeitig wird die Wissenschaft zum Instrument der öffentlichen Ordnung und ihrer Legitimation. Die ersten Prozesse finden statt. Dort einigen sich die Ärzte solidarisch, um der Justiz die Befugnis abzusprechen, darüber zu richten, wann betäubt werden darf und wann nicht. Hier räumen Ärzte die Möglichkeit des tödlichen Ausgangs für den Patienten und die volle Verantwortung des Arztes ein. Dieser Streit, der 1853 am Fall eines Patienten namens Breton ausgefochten wurde, verlagert die Rechte und Pflichten der Ärzte auf ein präzise abgestecktes juristisches Terrain. Trotzdem bleibt die Beherrschung der Dosierung in der Anwendung von Chloroform immer heikel. Zu viele Patienten sterben immer noch an

Herzversagen. Bald folgt die lokale Anästhesie, die 1884 durch die Forschungen in der Augenheilkunde von Carl Koller mit dem Einsatz von Kokain Einzug hält. Dank der Fortschritte von Chemikern, Apothekern und Ärzten in der Anwendung von Betäubungsmitteln verzeichnet das 19. Jahrhundert die entscheidende Wende im Umgang mit dem Schmerz: Er ist nun keine Strafe Gottes mehr, sondern ein umgehbares Übel. Diese Interpretation von Schmerz wird gegen Ende des 19. Jahrhunderts auch in die sozialen Debatten eingeflochten: Das Hinnehmen von politischen und sozialen Mißständen und das Erdulden von Schmerzen werden zunehmend als zusammengehörig verstanden.

Um die in Frankreich und Großbritannien sehr unterschiedlichen Diskussionen über den Schmerz zu erklären, schlägt die Medizinhistorikerin Roselyn Rey vor, einen Blick auf das Verhältnis zur Kirche zu werfen. Sie stellt folgende These auf: Historisch läßt sich festhalten, daß in Frankreich durch eine gewisse Tradition der Diskussion die katholischen Geistlichen eine flexiblere Auslegung religiöser Texte gestatten. Anhand von katholischen Publikationen über medizinisch-ethische Fragen ist deutlich zu erkennen, daß der ärztliche Eingriff ein Abwägen bei der Reduzierung des Schmerzes zuläßt. Wichtig sei gewesen, zu zeigen, daß Anästhesie bei der Geburt nicht mehr Risiken beinhalte als bei anderen Operationen, daß sie dem Überleben der Frau zuträglich sei und dem Neugeborenem nicht schade. Dieser Vorrang des zu erhaltenden Lebens hat sich in Frankreich viel mehr eingeprägt als der Respekt vor biblischen Vorgaben wie »du sollst mit Schmerzen Kinder gebären« (1. Mose 3,16), der einer Unterlassung gleichkommt. Hinzu kommt, daß die in Frankreich seit dem 17. Jahrhundert aufkommende Kritik um die verschiedenen Interpretationen religiöser Texte durch die Aufklärung pointierte Akzente gewinnt. Diese Diskussionen lockern gewissermaßen Grundprinzipien wie zum Beispiel »die von Gott gewollten Schmerzen« und erlauben eine Dehnung der Auslegungen, die sich den ethischen Anforderungen nähern, die die französische Aufklärung stellen wird. Das führt zu einer Distanzierung vom wortwörtlichen Sinn religiöser Schriften. Diese Einwände mischen sich mit den ethischen Fragen, die die Mediziner aufwerfen. Als Magendie 1847 das Recht des Chirurgen auf einen bewußtlosen Patienten als problematische Frage aufwirft, argumentiert er zwar aus Skepsis für die Anästhesie, aber appelliert auch aus Furcht vor Überschreitung an die individuelle Freiheit, Autonomie und das Mitbestimmungsrecht.[13] »Ist der Verlust des Bewußtseins nicht herabwürdigend und erniedrigend?« fragt Magendie. Er problematisiert den Machtzuwachs von Ärzten, der in seinen Augen durch Anästhesie noch zunehmen wird. Die protestantische Tradition hat hingegen überwiegend die strikte Rückkehr zum eigentlichen Text als die wahrhaftigere Botschaft verstanden. Auch wenn die katholische und die protestantische Lehre die großen Stränge ausmachen, an denen sich die Ent- und Unterscheidungen zum Thema Schmerz abzeichnen, gibt es innerhalb der beiden Traditionen ebenfalls Brüche und Widersprüche. Je schärfer die christlichen Dogmen Sinn und Ziel des Lebens darin sahen, Gott zu dienen und zu lieben, desto mehr verloren Gesundheit und Schmerzfreiheit an Wert an und für sich.

Die selbstgerechte Bereitschaft, Schmerz zu empfinden. Eine deutsche Tugend?

Trotz aller Errungenschaften, mit denen physischer Schmerz gelindert oder gar beseitigt werden kann, sträubt sich der Mensch merkwürdigerweise sehr häufig gegen die Erleichterungen und Erlösung von Qualen. Die Selbstverständlichkeit, mit der besonders hierzulande gegenüber effizienten Schmerzlinderungsmitteln zunächst einmal mit Skepsis, wenn nicht gar mit Ablehnung reagiert wird, hat ihre ganz eigene Geschichte. Im katholischen Frankreich ist es eine ganz andere. Denn die Tendenz, die Schmerzlinderung nicht in Anspruch zu nehmen, kann uns heute als bizarrer Atavismus erscheinen, und doch lassen sich ihre Wurzeln schließlich unschwer aufspüren. Auch für das Schmerz-Hinnehmen ist, je nachdem wo man sich befindet, eine kollektive Matrix als Herkunft dieser Duldung zu dechiffrieren. Das zwingt mich, kurz weiter auszuholen, um die hier spezifisch deutschen Wurzeln aufzuspüren. Verschiedene kulturelle Stränge haben dazu beigetragen, eine bestimmte Art der Aufmerksamkeit dem Körper gegenüber verkümmern zu lassen. Bei jedem einzelnen läuft das Verhältnis zum Körper und somit auch zum Schmerz unter »ferner liefen«. Alle Gebote zusammen jedoch ergeben, daß das Prinzip der körperlichen Unversehrtheit mit Füßen getreten wird. In Deutschland transportiert die Kultur an vielen Stellen einen unterschwelligen Dualismus der Faszination von Chaos und Unzähmbarkeit und ihrer absoluten Beherrschung.

Das leidenschaftliche Gefühl, das zum Beispiel einst in der romantischen Schule aufging und aus einer Wiederentdeckung der Poesie des Mittelalters hervorging, ist eine solche Bühne. Heine schreibt: »Diese Poesie aber war aus dem Christentum hervorgegangen, sie war eine Passionsblume, die dem Blute Christi entsprossen. (...) Es ist jene sonderbar mißfarbige Blume, in deren Kelch man die Marterwerkzeuge, die bei der Kreuzigung Christi gebraucht worden, nämlich Hammer, Zange, Nägel usw., abkonterfeit sieht, eine Blume, die durchaus nicht häßlich, sondern nur gespenstisch ist, ja deren Anblick sogar grauenhaftes Vergnügen in unserer Seele erregt, gleich den krampfhaft süßen Empfindungen, die aus dem Schmerze selbst hervorgehen. In solcher Hinsicht wäre diese Blume das geeignetste Symbol für das Christentum selbst, dessen schauerlichster Reiz eben in der Wollust des Schmerzes besteht.«[14]

Die deutsche Romantik hat dieser Verlängerung religiöser Selbstaufgabe in ihrem Sog nach dem Nichts, nach der Verschmelzung mit der Natur, nach der Grenzenlosigkeit, nach der Aufhebung von Zeit und Raum einen exemplarischen Ausdruck verliehen. Der Körper, genauer genommen die Körperkonturen, verschwimmen im Zuge der Begeisterung für die kosmische Umarmung. Im empathischen Aufbegehren verliert der Körper seine präzisen Grenzen. Was keine klaren Grenzen aufweist, kann nur schwer beschützt werden.

Der Mesmerismus, die auf Mesmer zurückgehende Theorie einer Harmonie des Fluidums, das durch einen »thierischen Magnetismus« durch alle Gegenstände und Lebewesen strömt und nicht wenig Einfluß auf das Gemüt haben soll, bestärkt diese Tendenz, zumal diese Strömung im Strudel der populär gewordenen Begeisterung für die Wissenschaft von ehrwürdigen Personen Rückenwind erfährt. Mesmers Vorführungen von Schlafwandlern und anderen seltsamen Phänomenen verblüfften zwar viele Franzosen, aber niemand verstand wirklich, was da passierte. Darüber hinaus verstand sich Mesmer mehr darauf, sein Publikum in Erstaunen zu versetzen, als daß er wirklich Phänomene erläutern konnte. Condorcet teilt seine Skepsis mit: Wichtige Erfindungen, deren Essenz sich mit Geheimnissen umhüllen, erscheinen ihm nicht glaubwürdig.[15] Dennoch konnte im aufgeklärten Preußen schließlich der Mesmerismus Fuß fassen, als nach dem Tode Friedrichs II. (1786) ein antiaufklärerisches Religionsedikt das Bildungswesen überrollt. Fatalerweise hat gerade Mesmers Affinität zu den Ambitionen der Neuzeit verhindert, daß der richtige Kern seiner Beobachtungen von Hypnose und Suggestion vom falschen Zauber der »magnetischen« Kurmethode befreit wird. Bis in die zweite Hälfte des 19. Jahrhunderts verliert sich seine Lehre in Homöopathie, Spiritismus und Okkultismus. Ein bestimmter Typus von Schwärmerei war in der deutschen Aufklärung immer problematisch gewesen. Einerseits bot die Überschwenglichkeit von Gefühlsbetonung und Subjektivität dem Klerus die Stirn, andererseits tendierte dieselbe Überschwenglichkeit dazu, den Glauben an die Vernunft zu diskreditieren. Kant warnt ausdrücklich vor dem »amoureusen« Charakter der »Mesmeriade«, die »nur eine kurze Zeit dauert, um andern Torheiten Platz zu machen«. Wenn wir das Verhältnis zum Körper betrachten, – mögen nun die Schlegel-Adepten aufschreien –, gehen Mesmerismus und Romantik Hand in Hand. Ungeschützt ist der Körper eine immer neu zu verhandelnde Masse. Er steht zur Disposition. Keine übergeordnete Kategorie sichert ihn, kein Axiom stellt sich schützend vor ihn.

Die protestantische Ethik hat ihrerseits auch eine Selbstlosigkeit eingeführt, die aber *a contrario* jeder Schwärmerei mit ehrfürchtiger Dankbarkeit ausgestattet ist und sich im wesentlichen von Kontrolle nährt. Obgleich die ursprüngliche Verwandtschaft von Geistesfreiheit und Protestantismus eine wesentliche Bereicherung der deutschen Philosophie darstellte, hat schließlich die lutherische Lehre implizit eine unnachgiebige Autorität eingeführt, die dem Körper im Schmerz keinerlei Aufmerksamkeit schenkte. In dieser Geschichte verbleiben die Konturen des Körpers ebenfalls ungeschützt. Zum einen werden sie gesprengt durch die Romantik – für die Überschwenglichkeit, für die Idee eines kosmischen Ganzen. Zum anderen sprengt sie die protestantische Vernachlässigung des eigenen Wohlbefindens mit einer Art »Entschuldigung, daß ich geboren bin«-Haltung, die so düster auf die Menschen drückt und schließlich die Lebenswärme ableitet.

In beiden Fällen wird die individuelle physische Empfindung zurückgestellt. Und aus beiden Strängen resultieren harte Konsequenzen für den Körper und somit auch für den Umgang mit Schmerz. Denn wenn der Körper vernachlässigt wird, kommt dem Schmerz keine besondere Beachtung zu. Das Ergebnis heute ist nicht so, daß dort, wo Schmerz dankbar angenommen wird, eine Nähe zur Unzähmbarkeit, zur Unvernunft, zum Chaos oder zu einem wildgebliebenen Rest in uns auf diese Weise wachgerufen wird. Man könnte ja annehmen, kollektiv unbewußt sei ein Rest nicht disziplinierbarer Regungen erhalten geblieben und im Schmerz dürfe der Mensch toben und seine irrationalen Seiten nach außen kehren, wie es häufig in nichtwestlichen Kulturen der Fall ist. Nein, ganz im Gegenteil: Der Weg, auf dem wir eine von Lächeln begleitete Aufnahme von

Schmerz verfolgen, ist ganz und gar von Strenge, Beherrschung und stoischer Kontrolle gesäumt. Das Lächeln ist eine Täuschung. Es will Bescheidenheit bekunden. Es ist die letztmögliche Beherrschung, bevor die Verzweiflung sich Bahn bricht. Dabei findet eine seltsame Verlötung der Interessen statt, denn das Ganze ist durch ein Streben nach reinem Gewissen motiviert. Mit dem religiös motivierten Bestreben, Gott reinen Gewissens gegenüberzustehen und dadurch seine Nähe und seinen Schutz zu erhalten, geht einher, daß der einzelne seine egoistischen Belange zurückstellt. Mit diesem Schritt zu einer gewissen Selbstlosigkeit in der aufrichtigen Haltung wird die eigene Reinheit »erlebt«. In dieser Attitüde der metaphysischen Bescheidenheit verschafft sich der Mensch Glaubwürdigkeit, indem er zur Schau stellt, daß der Körper nicht wichtig ist. Der Körper wird zum Träger des Beweises für die innere Haltung vor Gott. Zeigen, daß man sich selbst nicht so wichtig nimmt, wird zur tugendhaften Geste. Wer glänzt, sich mit bunten Federn schmückt und laut wirkt, dem haftet etwas Aufmüpfiges an. Die Vernachlässigung von jeglichem persönlichen Wohlbefinden will beweisen, daß man es ernst meint mit dem aufrechten Gewissen. Das Gewissen sucht nach Zeugen. Die katholischen Rituale installieren den Zeugen über die Beichte. In seiner Einsamkeit muß das protestantische Gewissen seine Reinheit kundtun. Der Körper demonstriert: »Es gibt Wichtigeres.« Schnell sind wir am Nerv ethischer Grundlagen angelangt. Wenn der Körper als Beweis für die Aufrichtigkeit des Gewissens herhalten muß, kann man fragen, warum die Angst, nicht glaubwürdig zu wirken, so einen immensen Stellenwert einnimmt. Wenn so kläglich nach Beweisen und nach Zeugen gesucht wird, ist anzunehmen, daß die Grundwerte, die die Aufklärung zur Befreiung des Geistes lieferte, nicht verdaut, nicht integriert, nicht assimiliert wurden. Wer nicht glaubt, daß ihm Autonomie zusteht, wird noch immer vorstellig und zeigt, was er kann. Vielleicht ist die autoaggressive Bosheit, die daraus für den Körper und das Verhältnis zum Schmerz resultiert, ein Beleg dafür, daß die lutherische Lehre eine Überforderung enthält. Um ihr gerecht zu werden, muß Härte als Schutzmantel dienen. Faszinierend ist, wie beharrlich diese Grundsätze noch unser Denken und Handeln beeinflussen und wie heute noch die vermeintlichen Reste religiöser Überzeugungen die Haltung gegenüber dem Schmerz bestimmen. Doch als religiöse Überzeugungen sind sie unkenntlich gemacht worden. Auch das Bewußtsein für die ursprüngliche Quelle dieser Usancen ist verschwunden oder wird gar geleugnet. Die erschreckende Nüchternheit, mit der diese Strenge und diese Disziplin in der stoischen Haltung getragen werden, hat sich heute hinter einer ganz neuen Sprache verschanzt. In ein Phantomgewand gehüllt, wütet diese Haltung wie ein zielstrebig ausgeführter, unabwendbarer Auftrag. Mission impossible. Agent 007 wird es schaffen, die fürchterliche Aufgabe zu lösen, den Schmerz schlicht auszuhalten, ohne mit der Wimper zu zucken. Der Clou ist: Der deutsche Agent besitzt die Kühnheit, sich dabei tatsächlich nichts anmerken zu lassen. Bei allen anderen ist wenigstens der Angstschweiß zu sehen oder die Muskelverkrampfung beim kläglichen Versuch, dem Schmerz die Stirn zu bieten. Merkwürdig. Ungeachtet moderner Technologien und trotz neuer Erkenntnisse aus der Grundlagenforschung stellt sich ein stummes So-Tun-als-ob den Empfindungen entgegen; ein Selbstläufer inszeniert die Unempfindlichkeit. Die Sprache dieser Phantome speist sich heute aus kolossalen Mythen, die Natürlichkeit, Authentizität, Ursprünglichkeit, Innerlichkeit heißen. Diese Mythen haben in unseren Breiten eine ganz spezielle Tradition, wie schon 1834 Heine charakterisiert, indem er zugleich eine erschreckende Prophezeihung entwirft:

»(...) so wird der Naturphilosoph dadurch fruchtbar sein, daß er mit den ursprünglichen Gewalten in Verbindung tritt, daß er die dämonischen Kräfte des altgermanischen Pantheismus beschwören kann und daß in ihm jene Kampflust erwacht, die wir bei den alten Deutschen finden (...) dann rasselt wieder empor die Wildheit der alten Kämpfer, die unsinnige Berserkerwut, wovon die nordischen Dichter so viel singen und sagen. (Jener Talisman ist morsch und kommen wird der Tag, wo er kläglich zusammenbricht.) Die alten steinernen Götter erheben sich dann aus dem verschollenen Schutt und reiben sich den tausendjährigen Staub aus den Augen, und Thor mit dem Riesenhammer springt endlich empor und zerschlägt die gotischen Dome. Wenn ihr dann das Gepolter und Geklirre hört, hütet Euch, Ihr Nachbarskinder, Ihr Franzosen, und mischt Euch nicht in die Geschäfte, die wir zu Hause in Deutschland vollbringen. Es könnte Euch schlecht bekommen (...). Der Gedanke geht der Tat voraus wie der Blitz dem Donner. Der deutsche Donner ist freilich auch ein deutscher und ist nicht sehr gelenkig, und kommt etwas langsam herangerollt; aber kommen wird er, und wenn Ihr es einst krachen hört, wie es noch niemals in der Weltgeschichte gekracht hat, so wißt: der deutsche Donner hat endlich sein Ziel erreicht. Bei diesem Geräusch werden die Adler aus der Luft tot niederfallen, und die Löwen in der fernsten Wüste Afrikas werden die Schwänze einkneifen und sich in ihren königlichen Höhlen verkriechen. Es wird ein Stück aufgeführt werden in Deutschland, wogegen die französische Revolution mir wie eine harmlose Idylle erscheinen möchte (...) und die Stunde wird kommen. Wie auf den Stufen eines Amphitheaters werden die Völker sich um Deutschland herumgruppieren, um die großen Kampfspiele zu betrachten.«[16]

Und Heine fügt seiner erstaunlichen Prophezeiung an die Franzosen noch hinzu:

»Da Ihr, trotz Eurer jetzigen Romantik geborene Klassiker seid, so kennt Ihr den Olymp (...) seht ihr eine Göttin, die, obgleich umgeben von solcher Freude und Kurzweil, dennoch immer einen Panzer trägt und den Helm auf dem Kopf und den Speer in der Hand behält. Es ist die Göttin der Weisheit.«

Erschwerend kommt die »pathetische Unmenschlichkeit« des protestantischen Geistes hinzu, wie sie Max Weber glänzend aufdeckte. Thomas Mann sagt in seiner 1945 in Washington gehaltenen Rede »Deutschland und die Deutschen« über Luther: »Er war ein Freiheitsheld, aber in deutschem Stil, denn er verstand nichts von Freiheit. Ich meine jetzt nicht die Freiheit des Christenmenschen, sondern die politische Freiheit, die Freiheit des Staatsbürgers – die ließ ihn nicht nur kalt, sondern ihre Regungen und Ansprüche waren ihm in tiefster Seele zuwider. Vierhundert Jahre nach ihm sprach der erste Präsident der deutschen Republik, ein Sozialdemokrat, das Wort: ›Ich hasse die Revolution wie die Sünde.‹ Das war echt lutherisch, echt deutsch. So haßte Luther den Bauernaufstand, der, evangelisch inspiriert, wie er war, wenn er gesiegt hätte, der ganzen deutschen Geschichte eine glückliche Wendung, die Wendung zur Freiheit hätte geben können, in dem aber Luther nichts als eine Wüste an Kompromittierung seines Werkes, der geistlichen Befreiung sah und den er darum bespie und verfluchte, wie nur er es konnte.«[17] Luthers Reform hat in gewisser Weise gegen die Revolution immun gemacht. Sie hat zwar den ersten Schub von Individualismus in seiner religiösen Dimension für sich in Anspruch genommen, um die innere Freiheit zu sichern. Vor der soziopolitischen Dimension, die der Individualismus auch freisetzt, machte sie jedoch halt. Sich nur diese Scheibe innere Freiheit rauszuschneiden versetzt aber das Individuum in ein eisiges Korsett. Und wenn auch noch in diesem Korsett der Körper als unwichtig gehandelt wird, dann ist die Lage wirklich desolat. Die protestantische Askese, die »mit voller Wucht gegen den unbefangenen Genuß des Besitzes« wirkte und in der Verherrlichung nüchterner Zweckmäßigkeit jeden »Komfort« als irrational und ziellos desavouiert hat, verfolgt uns in einer modifizierten Maske ohne Gnade. Diese modifizierte Maske zeugt von einer solchen Unflexibilität, daß sie uns heute einen noch so elementaren »Komfort« wie die Schmerzfreiheit verweigert.

Welcher Sadismus reitet derart wirksam die übriggebliebenen religiösen Krümel, daß er heute seine Übersetzung in unserem Umgang mit dem Körper findet und moderne Menschenrechtsfragen als fragwürdig erscheinen läßt? Wie bleibt dieser Sadismus vereinbar mit unseren aufgeklärten Ansprüchen und Überzeugungen?

Bei Kant können wir den Knoten entdecken, der aus heutiger Sicht die Dinge so mißverständlich macht. Dazu müssen wir uns erst einmal vergegenwärtigen, daß das, was wir heute Körpergefühl nennen und das, was wir als Schmerzempfindung bezeichnen, vor der Genese des Individuums ganz diffus und unberechenbar zu sein schien. Der Leib glich einer Landschaft, in der sich das Meer noch nicht ganz vom Land getrennt hatte und relativ undefiniert und unmotiviert herumschwappte. Das belegen hervorragend die Dokumente, die Barbara Duden in »Ein Eisenacher Arzt und seine Patientin um 1730« zusammengetragen hat. In »Von der Macht des Gemüths durch den bloßen Vorsatz seiner krankhaften Gefühle Meister zu sein« zeigt Kant exemplarisch wie reif das Verständnis dafür wird, sich von der Diffusheit des Körpers loszureißen, und wie somit der Wille den Weg zur Befreiung vorgibt.

Auch die körperliche Diffusheit birgt die Ohnmacht, mit der der Aberglaube die Menschen in Schach hielt. Schon im Vorwort von Hufeland finden wir ein schönes Beispiel über das Aufrütteln des Geistes, um des Körpers Herr zu werden. »Pinel sah, daß bei der allgemeinen leidenschaftlichen Aufregung, welche die französische Revolution hervorbrachte, eine Menge seit Jahren kränklicher und schwächlicher Menschen gesund und stark wurden, und besonders die gewöhnlichen Nervenübel der vornehmen und müßigen Stände ganz verschwanden.«[18] Die Passivität des Geistes, die Trägheit des Gemüts macht das Volk lahm, und durch die Revolution, durch die Aufklärung wird der Geist imstande sein, den Körper endlich zu geißeln, zu zügeln, seiner Herr zu werden. Die Disziplin, mit der Kant diesen Gedanken ausstattet, ist derart konsequent, daß er soweit geht, viele Erscheinungen als Hypochondrie zu bezeichnen. Er selbst führt sich als Hypochonder vor, die Herzbeklemmungen, unter denen er leidet, bagatellisiert er offensiv. Obwohl sie ihm in jungen Jahren zuweilen die Lebenslust raubten, führt er stolz vor, wie er sich antrainiert hat, sie zu mißachten. »(...) und während ich mich in der Brust beklommen fühlte, im Kopf doch Ruhe und Heiterkeit herrschte, die sich auch in der Gesellschaft, nicht nach abwechselnden Launen (wie hypochondrische pflegen), sondern absichtlich und natürlich mitzutheilen nicht ermangelte«. Und schließlich mündet seine Haltung, die weiser und aufklärerischer Absicht entspringt, in dem verhängnisvollem Rat: Tu so, als sei es nicht deins. »Die Beklemmung ist mir geblieben; denn ihre Ursache liegt in meinem körperlichen Bau. Aber über ihren Einfluß auf meine Gedanken und Handlungen bin ich Meister geworden, durch Abwendung der Aufmerksamkeit von diesem Gefühle, als ob es mich gar nicht anginge.«[19]

Diese hoffnungsvolle Devise, die Emanzipation verspricht und zum »als ob es mich gar nicht anginge« rät, hat uns heute – flankiert von der lutherischen Lehre – ganz woanders enden lassen als einst erträumt. Das Kind ist mit dem Bade ausgeschüttet worden. Als Kant »als ob es mich gar nicht anginge« empfiehlt, geht es noch darum, die Reste vorbürgerlicher Zeit abzuschütteln. Man möchte heute denken, gezügelt sind wir nun genug. Der Schutzwall, der uns einst vor der Gefahr eines triebhaften Ausbruchs, der uns in geistige Umnachtung verdammen würde, bewahren sollte, ist doch schon längst verstaubt und zerbröselt. Und schließlich stellen wir fest, daß über diesen Weg die leise und doch so beharrliche Präsenz des protestantischen Geistes im deutschen Kollektiv heute am Thema Schmerz noch einmal prägnant überführt wird. Diese Genugtuung, die im kargen Diktat der Bescheidenheit jede überschwengliche Lebendigkeit als vulgär ablehnt, läßt uns das Lachen im Hals steckenbleiben. Denn die Grundsätze, die es transportiert, zwingen zur Aufgabe eigener Interessen.

»Der Mensch ist ja nur Verwalter der durch Gottes Gnade ihm zugewendeten Güter, er hat, wie der Schalksknecht der Bibel, von jedem Pfennig Rechenschaft abzulegen, und es ist zumindest bedenklich, davon etwas zu verausgaben zu einem Zweck, der nicht Gottes Ruhm, sondern dem eigenen Genuß gilt. Wem, der die Augen offenhat, wären Repräsentanten dieser Auffassung nicht bis in die Gegenwart hinein begegnet? Der Gedanke der Verpflichtung des Menschen gegenüber seinem anvertrauten Besitz, dem er sich als dienender Verwalter oder geradezu als ›Erwerbsmaschine‹ unterordnet, legt sich mit seiner erkältenden Schwere auf das Leben«, schreibt Weber 1904.[20] Und auf diesem Weg sind auch die Pfade vorgezeichnet, die uns bis zum heutigen Verhältnis zum Schmerz führen. Jene glücklose Landung in einer strengen Kultur des willkommenen Verzichts und der angebrachten Entbehrungen, die uns bis heute in jede evangelische Akademie, so klug die Intellektuellen, die dort tagen, auch sein mögen, mit dem Geruch von Hagebuttentee und billiger Salami verfolgt. Daß irgendwann aus diesem Märchen der Körper nicht zurückgerettet wurde, bleibt ein schieres Rätsel. Der preisgegebene Körper wurde nicht als Mangel verstanden oder erlebt. Der Körper dümpelt noch unten im Bach vor sich hin, und keiner schaut runter. Und es muß noch viel Eis schmelzen, bis diese verdammte Leiche zum Vorschein kommt. Ein bestimmter Sinn ist in diesem Szenario offenbar den Menschen in der deutschen Kultur abhanden gekommen. Der Geruchssinn. Denn diese Leiche stinkt bestialisch. Man sollte doch denken, der Geruchssinn sei etwas ganz Individuelles. Weit gefehlt. Spannend ist, welche Ausreden heute diese erbarmungslose Gleichgültigkeit annimmt, welche Diskurse die Quelle dieser Ignoranz vergeblich zu verschleiern suchen und ebenso vergeblich in rationale und verständliche Pakete pressen möchten.

Denn dieses Geflecht von Mäßigkeit, Fleiß, Ehrlichkeit und Tüchtigkeit, das unter anderem aus Luthers Lehre resultiert, hat Arbeit zum Selbstzweck werden lassen und die eigene Wahrnehmung ausrangiert. Und es ist ja nicht eine unabsichtliche Verkümmerung des Vertrauens in die eigene Sinnlichkeit und Befindlichkeit, die dies zur Folge hat, sondern eine entschiedene Zurückstellung des eigenen Wohlbefindens – keine Nebenwirkung, sondern ein notwendiger Bestandteil des aufrechten Gewissens. Von dem um die Wende zum 20. Jahrhundert lebenden Pfarrer Gustav Benn, Vater von Gottfried Benn, wird berichtet, er habe seine an Brustkrebs erkrankte, schwer leidende Frau gezwungen, die gottgesandten Schmerzen ohne Linderungsmittel bis zum Ende auszuhalten.

Dieses Abstrafen des Körpers hat sich so transformiert, daß schließlich daraus ganz verschiedene Formen der Verteidigung gegen die Schmerzlinderung resultierten und heute noch durchaus salonfähig sind.

Es gibt zum Beispiel einen sehr verbreiteten Entwurf gesellschaftlicher Zusammenhänge, in dem der Schmerz als eindeutig erhaltenswert deklariert wird. Dort ist die Rechtfertigung vom Ertragen der Schmerzen von folgenden Phantomfeinden gezüchtet: Das Eigentliche wolle man nicht betäuben lassen, wir lebten in einer Konsumgesellschaft, in der sich sowieso alles per Pille oder Knopfdruck bestellen ließe, und diesem Konsumverhalten wolle man sich am eigenen Leib nicht unterwerfen, denn daran würde nur die Pharmaindustrie verdienen. Da wird durch das Syndrom der unübersichtlichen gesellschaftlichen Verhältnisse ein Raster entworfen, in dem sich eine rechtschaffene kleine dörfliche Idylle gegen die Unwetter der großen weiten Welt behauptet.

Der authentische Schmerz – vom Widerstand gegen Anästhesie

Der deutsche Körper verrät, daß die Werte, »kein Aufsehen zu erregen« und »nichts Unberechenbares zu verursachen«, also die Furcht vor Gottes Auge, ihn zum Duckmäuser machen, womit beinahe bewiesen wäre, daß die Fundamente staatsrechtlicher Bürgerlichkeit nicht wirklich verdaut und selbstverständlich sein können. Und dieses merkwürdige Rettungsmanöver, das die Menschen dazu bringt, sich zunächst einmal eher ins eigene Fleisch zu schneiden als zu rebellieren, gibt doch zu denken. So erklärt sich auch die Unberechenbarkeit und die Unverhältnismäßigkeit der Rückschläge. Die ursprünglich mangelnde Eigenliebe, die es möglich macht, daß man zunächst eher den Schmerz erduldet beziehungsweise leugnet, als sofortige Hilfe einzufordern, ist bei Lichte besehen nur ein Aufschub. Dieser Aufschub wird aber vor Angst derart verschlüsselt und vernebelt, daß die Rechnung, die dafür logischerweise irgendwann eingelöst wird, unvermittelt hervorplatzt und brutale Züge annimmt.

Daß in einem panischen Moment die Selbstverleugnung einen vorläufigen Ausweg bilden kann, steht außer Frage. Daß diese Ökonomie der Zurückhaltung der eigenen Interessen, wenn die Angst uns erfaßt, eine Möglichkeit unter anderen darstellt, ist einsehbar. Aber warum verkrustet sich ausgerechnet eine so hilflose Strategie der Flucht nach vorn zur allgemein gängigen und geförderten Haltung? Sie wird nämlich dadurch nicht eine zu konstatierende Haltung, sie wird zur Maßnahme. Selbstverleugnung kann zuweilen als Rette-sich-wer-kann-Zwischenlösung berechtigt sein. Aber nun wird die Selbstverleugnung vorsätzlich eingesetzt. Sie ist Bestandteil der Identität und wird höflich und zufrieden als Bescheidenheit ausgelegt. Vermeintlich riskiert man, nichts von sich selbst preiszugeben. Eine Ökonomie der Zurückhaltung wird zum Programm. Und diese Maßnahme läßt die vielfältigsten Möglichkeiten, die unsere Wahrnehmung begleiten, verstummen beziehungsweise wehrt sie ab. Ist nicht auf diesem Pfad die Genese einer spezifischen Gewalt zu verstehen? Denn diese Ökonomie der Retention ventiliert die Frustration schlecht. Und da sie vom Bewußtsein gar nicht als Vergewaltigung der eigenen Interessen wahrgenommen werden darf, bringt das Unbehagen darüber, nicht mit sich identisch zu sein, unvorhersehbare Konsequenzen mit sich. Hier können wir vielleicht die empfindsamste Stelle einer kulturspezifischen Genese von Gewalt einkreisen. Zugrunde läge dem eine immense Enttäuschung. Für die so selbstlose Haltung, die dazu führt, sich »vorerst« gegen die eigenen Interessen zu verhalten, wird nichts eingelöst. An jenem Schalter, an dem der Lohn ausgezahlt wird, bleiben die Rolläden unten. Keine Zuckertüte, kein Lob, kein Segen, keine sanfte Geste des Himmels, die es einsehbar macht, daß »vorerst« zurückgesteckt wurde. Denn dieses »Vorerst« bleibt ohne Folgen. »Wahrscheinlich guckt wieder kein Schwein.«

Jeder Gewalt geht ein Betrug voraus. Dieser so überfrachteten deutschen Gewalt geht vorweg, daß der Schalter mit den Überraschungen verschlossen bleibt. Dort ist dem Kind im Deutschen das Lachen im Halse steckengeblieben, so daß ihm noch heute Humor und

Leichtigkeit als seltene Züge nachgesagt werden. Es lohnt sich nicht, den Bescheidenen zu spielen. Wer hungrig sich antrainiert hat, stets zu sagen »Nein danke, ich habe schon gegessen«, dem wird dafür nicht Reverenz erwiesen. Wofür auch? Seine Not hat er selbst derart erfolgreich unkenntlich gemacht, daß schließlich niemand mehr nach ihm schaut. Die Masken der Souveränität, die sich diese Angst aufgesetzt hat, haben die anderen so wirksam getäuscht, daß nie mehr in Erwägung gezogen wird, daß sie Hilfe brauchen könnten. Sie erwarten Schutz und werden vollkommen übersehen. Der Preis der Täuschung ist hoch.

Andere Europäer scheinen in ihrem Körper heimischer zu sein. Als sei er bei ihnen durchlässiger. Denn sie schreien, toben, fluchen und zeigen ihre Erschütterung. Der Amoklauf wird nach außen gewendet. In der Arena ist man leise, außerhalb ist der Aufbruch. Der Torero, der auf der Bahre aus der Arena getragen wird und leise beteuert, es sei nichts, eine Lappalie diese Verletzung, bevor er ein paar Sekunden später die Augen verdreht, den bejubelt das ganze Volk. Die Carmens weinen und kreischen hinter ihren Mantillas, die Männer sind aufgebracht und beten. Hier lohnt sich das Spiel. Der Mut wird gewürdigt, die Ehre des kühnen Kämpfers ist gesichert. Wenn schon der Schmerz übergangen wird, dann wird wenigstens die Niederlage in einen unerreichbaren Sieg umgemünzt.

Das Theatralische umhüllt die Menschen, die hysterischen Züge tragen etwas Rettendes. Sie verteidigen den Körper ausdrücklich, wenn dieser übergangen wird. Jede Kultur trägt ihre einzigartigen Verteidigungsmotive bezüglich des Schmerzes in ihrer Vergangenheit. Nur bei den Deutschen ist die Wette besonders dumm gelaufen. Eine erstaunliche und in der Ärzteschaft äußerst unpopuläre Studie, von der mir nur hinter vorgehaltener Hand berichtet wurde, ergab, daß südländische Patienten in nördlichen Ländern eher sterben als Einheimische. In dieser Untersuchung ging es speziell um akute Blinddarmoperationen bei Männern. So passierte es, daß akute Schmerzen von Patienten aus südlichen Ländern hier weniger Beachtung fanden, weil man ihre Schmerzäußerungen für übertrieben hielt. Das Jammern, Klagen und der Kontrollverlust, den sie unter fürchterlichen Schmerzen zutage legten, wurde als Komödiantentum abgetan.

Von einem in Hessen praktizierenden jungen Neurologen hörte ich kürzlich die Klage, seine Patienten seien so anstrengend. Seine Praxis läge in einem ausländerreichen Viertel und entsprechend »stressig« sei seine Klientel. Die Ausländer würden immer so jammern und übertreiben – vor allem die älteren Frauen. Er unterstellte ihnen, daß sie dadurch in ihren Familien mehr Beachtung einfordern würden. Er machte sie nach: »Dogtor, Smerze, isch viele viele Smerze, Dogtor, helfe!« Seine Distanz zu diesen Patienten wurde mir unheimlich. Solchen Ärzten kann man nicht über den Weg trauen. Über das pragmatische Engagement sind ihnen die menschlichen Züge verlorengegangen. Wer soll sie daran erinnern, daß akute Schmerzen eine Beschleunigung des Herzschlags zufolge haben, die Erhöhung des Herzminutenvolumens bewirken, eine Steigerung des Blutdrucks und der Atemfrequenz nach sich ziehen, Pupillenerweiterung und Schweißausbrüche auslösen, Erhöhung des Muskeltonus, Hyperkinese, Fluchtbereitschaft, Angstzustände und Zittern bewirken? Und wer soll ihnen vergegenwärtigen, daß chronische Schmerzen das Einschleifen sympathischer

Reaktionen verursachen, chronische neurovegetative Symptome auftreten lassen, Appetitstörungen, Verstopfung, Reizbarkeit, Schlafstörungen, Erschöpfungen, psychomotorische Verlangsamung, Veränderungen der Grundstimmung und der Persönlichkeit, schmerzhafte Hautrötungen, depressive Symptomatik mit sich bringen? Wer?

Heute hat sich die Sehnsucht, die dem Nichtbetäuben von Schmerzen anhaftet, zu einer Romanze entwickelt, in der der verlorene Kleinbürger zum Prinzen wird. Sein Abwinken bei Schmerzmitteln beruht auf einer Überzeugung, sich als offensiv auf der wahrhaftigen Seite des Lebens verankert zu verstehen, aufrichtig und vor Selbstgerechtigkeit triefend. Die Schmerzlinderung wird als Fremdbestimmung aufgefaßt. Sie steht für den Eingriff in die eigentliche Stimme des Körpers. Autoritätshörig sei man, wenn man sich Mittel verschreiben ließe, die Qualen ausschalten. Der Bequemlichkeit einer Apparatemedizin, deren zynisches Ziel es sei, ihr Machtmonopol zu sichern, wolle man sich nicht unterwerfen. Selbstbestimmung ist das Leitmotiv, mit dem man sich dem Schmerz nähert. Das Offensichtliche, nämlich daß Schmerz schmerzt, wird dabei ausgeblendet. Und daß im Schmerz die Sinne Amok laufen und nach Rettung suchen, wird strikt verleugnet. Letztendlich mache er stark und stolz, heißt es in dieser merkwürdigen Geschichte. Aber wessen Autorität wird da besiegt?

Nicht selten entspringt der Abwehr gegen Schmerzmittel eine Gesellschaftstheorie, die folgende Gedankenkaskade nach sich zieht: Aus einer Kritik an dem raschen Zugriff auf chemische Mittel folgt die Warnung vor einem mächtigen Pharma- und Chemiezweig, der profitgierig agiert. Anhand der Erträge dieser Branchen wird eine Kapitalismuskritik entwickelt, in der der Handel als Quelle allen Übels verstanden wird. Der Handel gilt in den kleinen Träumen von konfliktfreien Gemeinschaften häufig als Bedrohung, als Raub am Volk, und das Bild eines industriellen Terroristenklubs der Geschäftemacher, wie es einst Charles Fourier entwarf, ist ganz nahe. Die Unübersichtlichkeit überschwemmt den kleinen Mann. Eine Agrarromantik verschmilzt mit einer Großstadtfeindschaft. Schnell sind wir an der Börse angelangt. Und wenn die Börse als Übeltäterin endlich benannt wurde, sind wir schon in den USA. Denn von dort kommen die profitorientierten Chemiker, die Marktgesetze und die Macht der Börse. Gleich haben wir endlich das ganze Schwein geschlachtet, nur ein Schlagwort fehlt noch: Imperialismus!

Je nachdem, ob ein Jude im Raum ist, kommt als Nachwehe noch eine antisemitische Sahneverzierung hinzu. Diese antiurbanen Vorstellungen gerechterer Verhältnisse bewegen sich in einem Nebel der Weltverschwörung. In diesem Geist der Weltverschwörung blieb es nicht nur wie bei vielen Antimodernisten bei den Motiven des Antisemitismus. Fourier äußerte 1834 seine Vorurteile explizit: »Man sieht ein, welche Gefahr darin liegt, Juden zum Handel zuzulassen, diese Vagabunden, die nirgends zuhause sind.« Das Antiurbane dieser Entwürfe hat auch immer etwas Fatales beziehungsweise Repressives an sich. Dazu schreibt Dan Diner in seiner Abhandlung über den Antiamerikanismus treffend: »Im europäischen Bewußtsein besetzt ›Amerika‹ jene Metaphern, die vorzugsweise die dunkle Seite der Moderne bebildern.«[21] Und weiter: »Für die Mentalität des Antiamerikanismus typisch ist die Klage um verlorengegangene Werte und Traditionen.«

Zu dem antisemitischen Beigeschmack als Komponente dieser Verschwörungen schreibt Diner: »In mancher Hinsicht läßt sich Antiamerikanismus gar als eine weitere Säkularisierungsstufe einer sich bereits antisemitisch verweltlichten Judenfeindschaft verstehen. Obschon beide Phänomene aufgrund ihrer höchst unterschiedlichen Entstehungsgeschichte keineswegs identisch gesetzt werden können, stellen sie doch beide gleichermaßen weltanschaulich ausgeformte Reaktionsphänomene auf die Moderne dar.«[22]

Beunruhigend bleibt, daß heute der stets überrumpelte kleine Mann und die stets überrumpelte kleine Frau, von einer Kritik an Fremdbestimmung ausgehend, den Körper schließlich zum Märtyrer machen. Im Willen einer radikalen Abwehr von Fremdbestimmung entsteht die Nähe zum Ursprünglichen. Authentisch eben. Sie entlarven die Machenschaften, die sie umzingeln, und aus diesem Sumpf steigt die kostbare Erfahrung der Schmerzempfindung empor. Die Schmerzerfahrung wirkt hier identitätsstiftend, eine erlösende Selbstkasteiung, eine wohltuende Demütigung. Der kleine Mann verspürt nun endlich Intensität. Gewissen und Pflicht hat er unverrückbar auf seiner Seite. Und tapfer verteidigt er dabei die heilbringende Natur. Die Liebe zu den Bäumen ist mit im Spiel und nimmt an den entscheidenden Stellen eine beträchtliche Rolle ein. Denn sowohl von Rechts als auch von Links nimmt man die Bindung an den Wald bitterernst. Und zu der empathischen Zuneigung zum deutschen Baum gesellt sich eine unbändige Liebe zum Frieden. Tauben, Tauben, viele weiße Tauben sind im Spiel. Es handelt sich um jenen bedingungslosen Pazifismus, der sich gelegentlich in der gestauten Gewalttätigkeit derer verrät, die laut und undifferenziert gegen den

Krieg anschreien. Das friedfertige Engagement ist entstanden aus umgeleiteter Aggressivität, die schlecht maskiert voranschreitet und das, was die Müslikultur nicht mehr hat unter den Teppich kehren können, übernommen hat.

Die romantischen Skizzen unbeschwerter Sozialutopien, wie sie Charles Fourier entworfen hat, spiegeln sich heute noch ganz lebendig in diesen provinziellen Bildern wider, mittels derer wir uns vorsätzlich weigern, über den Tellerrand zu schauen – eine vermeintliche unverbesserliche Naivität, die stur auf ihrem Platz verharrt. Wie ein trotziges Kind, das uns zwingen möchte, seine vorgespielten Schwärmereien ernst zu nehmen. Diese geizigen Vorstellungen haben vor lauter Glauben an das Gute im Menschen etwas bohrend Unmodernes. Kurzum, die dörfliche Idylle entpuppt sich als recht kleinliche Vision. In dieser Kette von Assoziationen, die sortiert, was Freund und Feind ist, wird der Körper fallengelassen, verleugnet, mit Indifferenz betrachtet. Er wird schließlich als Hülse verstanden, die die eigentliche Innerlichkeit birgt. So zahlt der Körper mit seinen Empfindungen die Zeche.

Wie konnte man überhaupt auf die Idee kommen, den Körper von der Identität zu trennen? Der Anspruch auf Tiefe hat den Gewinn des Universalismus auf dem Weg verloren und sich gleichzeitig derart asketisch auf die Knie geworfen, daß der Körper in diesem Gestus abhanden gekommen ist. Diese Grundabspaltung der Empfindung führte unter anderem zum kaum verwunderlichen Klischee des deutschen Trampels neben den eleganten Franzosen (auch wenn dieses sich gerade in den vergangenen zehn Jahren einigermaßen modifiziert hat). Der deutsche Körper wird sozusagen mitgeschleppt, er ist weder zentral noch prioritär. Wenn er in Schmerz gerät, gilt es als tugendhaft, kein Aufsehen davon zu machen. In dieser bizarren Bescheidenheit liegen auch der Pragmatismus und die Ernsthaftigkeit, die nicht aufhören, das Deutsche zu charakterisieren. »Was uns nicht umbringt, macht uns stark«, wird als fürchterliche Devise aus dieser kühnen Strategie der Schmerzbewältigung quasi als Fazit verkündet – und dabei wird kindliche Arglosigkeit gemimt. Nämlich eine evidente Verletzbarkeit, an die der Schmerz immer rührt, wird geleugnet. Denn was mich fast umbringt, macht mich für lange gebrochen. Dann kommt das »Schwamm drüber«-Fazit, das vergeblich versucht, die Spuren der Schmerzerfahrung, die im Körper und in unserer Biographie mit einem Elefantengedächtnis eingebrannt bleiben, zu verwischen. War da was? An dieser Stelle herrscht der Versuch, sowohl sich selbst als auch seine Umwelt zu überlisten mit der plumpen Täuschung: »Ich wäre ein Bär und der Schmerz wäre eine Fliege.« Daß es diesem kindlichen Täuschungsmanöver aber gelungen ist, sich mit einer derart zweifelsfreien Ernsthaftigkeit in einer konsternierenden Allgemeingültigkeit zu etablieren und alle kulturellen Polster für sich zu gewinnen, läßt uns sprachlos zurück. Warum mimen die Deutschen den Berserker? Warum mündet der Versuch, sich zu schützen, in eine Flucht ins Grobe?

»Meine Seele, die arme Sensitive, welche die Scheu vor vaterländischer Grobheit so sehr zusammengezogen hatte, erschloß sich wieder jenen schmeichlerischen Lauten der französischen Urbanität«, klagt bereits Heine in seinen Geständnissen.[23]

Mit dieser Strategie des Willens zum Frieden geht

eine gehörige Portion Autoaggression einher. Hinter der Haltung des »Stillschweigend-den-Schmerz-über-sich-ergehen-Lassens« steckt ein Kind, dem das Lachen vergangen ist. Kein Spielraum, kein möglicher Abstand zu sich selbst, also kein Humor, kein Zynismus, wie auch Karl-Heinz Bohrer schreibt:

»Zunächst: Verabschieden wir einmal für eine kleine Weile das immer bereitliegende Erklärungsmuster vom Neid des anderen, der unsere Tüchtigkeit nicht ertrage. Vergessen wir einmal Harold Wilsons letzte Pressekonferenz, auf der er die britische Misere relativierend trocken erklärte, die Deutschen verdanken ihre gegenwärtige Wirtschaftsmacht britischen Kriegsbomben und amerikanischer Nachkriegshilfe. Vergessen wir auch den Nazi-Vorwurf. Sehen wir auf menschlichere, psychologische und intellektuelle Reaktionen, so liegt der Grund für das neuerdings wieder befremdende Image der Westdeutschen nicht im Neid oder im Haß. Die Wahrheit ist nämlich, daß auf nichtpolitischer, nichtdiplomatischer Ebene das Gegenteil von Neid, nämlich eine Art von Superioritätsgefühl, eine noch immer wesentliche Rolle spielt. Das klingt zynisch. Aber der deutsche Mangel an Zynismus wäre ein erstes Unterscheidungsmerkmal. Im Lichte des westeuropäischen Dekadenz-Symptoms nämlich erscheinen die Bewohner der Bundesrepublik abermals als die seltsamen Europäer, die als einzige nicht teilnehmen am Charme einer untergehenden Bourgeoisie oder einer anarchistisch-selbstbewußten Arbeiterschaft, als Arbeitswillige, die als einzige die Reize des Niedergangs nicht kennen. Kleinbürgerliches im moralischen Planquadrat.«[24] Was das mit Schmerz zu tun hat? Sehr viel, denn im Verhältnis zum Schmerz verrät sich eigentlich die allgemeine Ökonomie des Begehrens.

Geiz und Angst schlagen sich strafend nieder, hingegen verschwenderische Umtriebigkeit und gierige Kapriolen schützen die eigene Lust, sprich halten sich fern von Unlust und machen entschieden halt vor Schmerz.

Marc Schwob, prominenter Schmerzforscher in Frankreich, berichtet über eine Schmerzstudie von Zborowski, die an drei New Yorker Bevölkerungsgruppen durchgeführt wurde: WASP (weiß, angelsächsisch, protestantisch), Italiener und Juden. Die Ergebnisse sind durch ihre Eindeutigkeit schon ziemlich witzig: die WASP tendieren dazu, den Schmerz verbal zu bagatellisieren, und empfinden es als erniedrigend, darüber zu klagen, emotionale Reaktionen unterdrücken sie. Italiener und Juden klagen heftig, sind ganz lebhaft in ihren Äußerungen. »Die Art und Weise, wie Italiener und Juden ihren Schmerz zum Ausdruck brachten, war unterschiedlich. So neigen die Italiener dazu, ihre Schmerzen vor allem dann zu verbalisieren, wenn andere um sie herum sind, seien es Familienangehörige oder nicht. Die Juden hingegen klagen vor allem im Familienkreis. Dabei tragen sie ihre Klagen häufig in Form von Monologen vor, die sich durch die Anwesenheit von ›Publikum‹ kaum verändern.

Die Italiener verlangen im wesentlichen nach sofortiger Linderung ihrer Schmerzen. Die Juden tun dies zwar auch, bleiben aber skeptisch, auch dann noch, wenn eine – je nach den gegebenen Möglichkeiten – vollständige Schmerzbefreiung erreicht werden konnte. Ähnlich die WASP. Sie richten ihre Aufmerksamkeit vor allem auf die mögliche zukünftige Entwicklung ihres Leidens, während die Italiener die gegenwärtige Situation stärker beachten und viel optimistischer und vertrauensvoller in die Zukunft blicken.« Die WASP ziehen sich zurück, die Italiener und die Juden suchen Beistand. Bei den WASP waren die Reaktionen vollkommen unabhängig vom Versuchsleiter, während die Juden klagten, wenn der Versuchsleiter entweder Jude oder Philosemit zu sein schien.

Eine andere Studie an Hausfrauen von Sternback, einem der führenden amerikanischen Schmerzforscher, an WASP, Italienerinnen, Jüdinnen und Irinnen ergab ebenfalls, daß bei den WASP die Fähigkeit, krankheitsbedingte Schmerzen zu ertragen, am ausgeprägtesten war. Es folgten Jüdinnen und Irinnen. Deutlich hinten dran waren die Italienerinnen.

Es ist die Anbindung der Identität an den Körper, die erst mit der Entstehung des Individuums den Körper schützt. Allerdings mit einem konsequenten Profil des Individuums, nämlich demjenigen, das dem Atheismus entsprungen ist. In der französischen Aufklärung ist die Idee der individuellen Freiheit stark an die der physischen Integrität gebunden. Und das ist die entscheidende Weiche, die heute in Frankreich ein so dezidiertes und anderes Verhältnis zum Schmerz verbuchen läßt. Die Grausamkeiten, die die katholische Kirche zu verantworten hatte, wurden damit auf den Scheiterhaufen der Geschichte geschoben. Die Trennung von Kirche und Staat wurde in Frankreich tatsächlich sehr ernst genommen. In »Liberté, Egalité, Fraternité« ist die Garantie auf physische Integrität inbegriffen. Es ist eben kein Versprechen, sondern ein Grundrecht. Die Aufklärung führt es als Bestandteil der Menschenrechte ein und verankert es in jenen Prinzipien, die den neuen Gesellschaftsvertrag fundieren. Vorher gab es gar keinen Körper, er hieß noch Leib. Unförmig, sperrig, unberechenbar. Der Leib führte das vor, was Gott für jeden bestimmt hatte. Gottes Wille übernahm jede Referenz an den Körper. Mit der Aufklärung kippen diese Bestimmungen. An vielen Orten der Gesellschaft mutiert das Verhältnis zum Körper und zur Bewertung seiner Empfindungen. So verschwindet in den letzten Jahrzehnten des 18. Jahrhunderts relativ rapide und fast flächendeckend die öffentliche Zurschaustellung von Strafmaßnahmen. In diesem knappen Wandel werden Körper und Schmerz nicht mehr zu den zentralen Elementen der Strafe.

Foucault, der in marternder Länge die Protokolle der Marter auf der Piazza zusammentrug, hat diesen Rückzug des Körpers von der Zielscheibe der Strafverfolgung minutiös rekonstruiert. »Das Brandmal wurde in England (1834) und Frankreich (1832) abgeschafft; England wagte 1820, die große Marter der Verräter nicht mehr im vollen Umfang durchzuführen (Thistlewood wurde nicht gevierteilt). Nur die Peitsche blieb noch in einigen Strafsystemen (Rußland, England, Preußen). Aber ganz allgemein wurden Strafpraktiken schamhafter.« Das Schauspiel sollte verschwinden und der Schmerz beseitigt werden. »Die Züchtigung ist nicht mehr eine Kunst der unerträglichen Empfindungen, sondern eine Ökonomie der suspendierten Rechte. Soweit die Justiz den Körper der Verurteilten immer noch angreifen und manipulieren muß, tut sie es distanziert, sauber, nüchtern, wobei sie ein viel ›höheres‹ Lied im Auge hat. Aufgrund dieser neuen Zurückhaltung wird der Scharfrichter, der unmittelbare Anatom des Leidens, von einer ganzen Armee von Technikern abgelöst: Aufseher, Ärzte, Priester, Psychiater, Psychologen, Erzieher; allein durch ihre Gegenwart beim Verurteilten singen sie der Justiz das Loblied, dessen sie bedarf: sie garantieren ihr, daß es ihrer strafenden Tätigkeit letztlich nicht um den Körper geht. Man vergegenwärtige sich eines: heute müssen zum Tode Verurteilte bis zum letzten Augenblick von einem Arzt überwacht werden, der so als Verantwortlicher für das Wohlbefinden, als Agent des Nicht-Leidens, denen an die Seite gestellt wird, die das Leben auszulöschen haben. Unmittelbar vor der Exekution werden Beruhigungsinjektionen verabreicht. Utopie einer schamhaften Justiz: man nimmt das Leben und vermeidet dabei jede Empfindung; man raubt alle Rechte, ohne Leiden zu machen; man erlegt Strafen auf, die von jedem Schmerz frei sind. Der Rückgriff auf Psychopharmaka und auf diverse physiologische ›Unterbrecher‹ liegt genau in der Richtung dieses ›körperlosen‹ Strafsystems.«[25] Die Strafe wird abstrakt. Sie nimmt das Leben, rächt sich aber nicht mehr am Körper. Und natürlich gab es innerhalb dieses Wandels immer wieder dramatische Ausnahmen, an denen das theatralische Martyrium am Körper wiederholt hervorbrach. Und die »bloße« Freiheitsberaubung wurde und wird stets durch zu knappe Nahrung, Kälte und Schläge begleitet, so daß der Körper weiterhin Angriffsfläche der Demütigung blieb, auch wenn inoffiziell und illegitim. »Es bleibt also ein ›peinlicher Rest‹ in den modernen Mechanismen der Kriminaljustiz – ein Rest, der nicht ganz überwunden wird, der aber immer mehr in ein Strafsystem des Körperlosen integriert wird.«[26] Und dieser peinliche Rest, auf den Foucault den Finger legt, bleibt bis heute, wie uns immer wieder Gefangene und ihre Strafverteidiger berichten.

Die Aufklärung, die in der Genese des Individuums zahlreiche Forderungen auf den Plan ruft, strebt danach, die Natur zu beherrschen und den Aberglauben zu vertreiben, mit dem Ziel, sich der Furcht zu entledigen. Sich der grundsätzlichen Furcht zu entledigen, die den Menschen bis dahin traktierte und in Schach hielt, ist die *conditio sine qua non* für den Ausweg aus der Entmündigung. Die Furcht wird als entwaffnend eingekreist. Und die Furchtlosigkeit verspricht Sicherheit. Die Forderung nach Furchtlosigkeit begründet die Genese des bürgerlichen Subjekts. »Sapere aude.« Habe Mut, entledige dich der Phantome! Der undomestizierten inneren Natur wird die Vernunft vorgesetzt, die der herrschenden Willkür endlich ein Ende setzt. Individuelle Leistung, Bildung, Tugend, Humanität begründen von nun an die radikale Rationalisierung des Weltbildes und des Selbstbildes. Und die Vernunft, die jedes Individuum von nun an vor Geistern und Willkür schützen wird, ist der Garant dieser Sicherheit. Das Prinzip der Vernunft eines jeden einzelnen gewährt allgemeine Sicherheit. Und die prekärste Form dieser Sicherheit ist der Schutz der körperlichen Unversehrtheit. Die Aufklärung machte daraus einen Anspruch, der heute zu den Grundrechten gehört.

Es ist dieses Postulat der Sicherheit – die Garantie auf die physische Integrität –, das für den Menschen im Schmerz ins Wanken gerät. Diese Grundlage wird ihm dort entzogen – und deshalb ist es tragisch. Schmerz ist eine Naturkatastrophe. Die angeblich allgemeingültigen Auffangnetze lösen sich in Luft auf. Und die banalen Ratschläge oder eine religiöse Sinnstiftung des Schmerzes, die uns betören können, erweisen sich als einfältig, zynisch und lächerlich zugleich. Dem Menschen im Schmerz wird seine Grundlage als bürgerliches Individuum entzogen. Denn trotz Veratmung, Yoga und autosuggestiver Tricks dissoziiert der marternde Schmerz das Sein. Die Vernunft, die bisher zwischen ratloser und wegschauender Medizin einen Sinn sucht, läuft Amok. Der Teufel ist zurück.

Die Idee vom Anspruch auf körperliche Unversehrtheit ist gerade 200 Jahre alt und offenbar kaum eingesickert in die Kulturen, die von religiösen Dogmen zu lange gebeutelt wurden. Und in der deutschen Geschichte kommt der Romantizismus in dieser Hinsicht erschwerend hinzu. Als scharfer Ausdruck deutscher Innerlichkeit, hat er mit seiner, wie Thomas Mann sagt, »Naturfrömmigkeit« schließlich auch den Stellenwert des Körpers stark beeinflußt. Die untergründigen und dunklen Mächte in der deutschen Kultur, die unter anderem das Verhältnis zum Schmerz mitbestimmen, sind nicht punktuellen Exkursen zuzuschreiben, sondern sind eingebettet in einen Fluß, der von Historikern und Nichthistorikern bereits akribisch entziffert wurde. Ich werde dies hier nicht ausbreiten, denn es zerrt uns vom Schmerz weg und ist zudem nachzulesen. Die Literatur hat in der deutschen Romantik eine kultische Nähe zur Natur eingeführt, die interessanterweise in Deutschland ganz anders gewertet wurde als von Frankreich aus. Die deutschen Germanisten haben in ihrer nationalen Romantik ein positiv besetztes Verhältnis zu Natur und Körper herausgelesen. Denn die Sehnsucht, sich aufzulösen und seine Grenzen zu verlieren, indem man mit dem Wald eins wird, wurde von der Literaturwissenschaft als neu entdeckte, hohe Aufmerksamkeit gedeutet. Der inneren Stimme des Körpers nachgehen, bei sich sein und in den Körper hineinhorchen, auf den Körper hören. So wird die Romantik als Vorläuferbewegung für alle ganzheitlichen medizinischen Ansätze aufgefaßt. Nun treibt uns eine französische Rezeption der deutschen

Romantik weg von diesen harmlosen Bildern, denn sie macht mit Chasseguet-Smirgel einen Strang in der deutschen Romantik dafür verantwortlich, daß im Gegenteil die Körpergrenzen aufgegeben werden und somit der Körper in gewisser Weise auch nicht mehr geschützt werden kann. Chasseguet-Smirgel will darauf hinaus, daß die Sehnsucht der deutschen Romantik samt ihrer Verherrlichung der Natur das kosmische Gefühl der Fusion mit der Mutter heimlich nachzuholen sucht. »Die Natur ist ein unendlicher Zyklus, in dem jede Individualität nur ein Element ist, das nur im Zusammenhang mit dem gigantischen Ganzen einen Sinn bekommt. Es gibt keinen Tod, denn sterben bedeutet, in den Schoß der Natur zurückzukehren und in neuer Form wiedergeboren zu werden.« Die Verschmelzung mit der Natur, die Grenzenlosigkeit, die Aufhebung von Raum und Zeit bestimmen die großen Sehnsüchte, woraus sich ergibt, daß die eigenen Körpergrenzen als einengend und bedrückend empfunden werden. Mit der Sehnsucht nach der Auflösung des Ichs wird die Ich-Hülse, der Körper, geopfert, eigentlich eher aufgegeben oder gar vergessen. Heine schreibt über E. T. A. Hoffmann: »Er fühlte, daß er selbst ein Gespenst geworden, die ganze Natur war ihm jetzt ein mißgeschliffener Spiegel, worin er, tausendfältig verzerrt, nur seine eigene Totenlarve erblickte; und seine Werke sind nichts anderes als ein entsetzlicher Angstschrei in 20 Bänden.« Heine sah, daß die meisten romantischen Dichter eine mystische Beziehung zur Natur hegten. »Sie glichen in vieler Hinsicht den indischen Religiösen, die in der Natur aufgehen und endlich mit der Natur in Gemeinschaft zu fühlen beginnen.« Der Rückgriff auf die Natur, der mit dem Gestus der Versenkung in ein Gebetsbuch emphatisch inszeniert wird, hat schon so oft Gespenster lauern lassen, die die Würde massiv bedrängten und die in Fratzen von Krapülen blicken ließen.

So rutschten die Deutschen hin und wieder in exemplarisch abgründige Vorstellungen, in denen überraschende Attacken des Schmerzes auf den Körper glorreich gefeiert wurden, wie zum Beispiel in Ernst Jüngers 1934 verfaßtem Essay »Über den Schmerz«. Es ist eine gruselige Apologie der Schmerzverleugnung, eine finstere Mischung aus wagnerischem Satanismus und Nüchternheit. Dieser Nüchternheit ist unterwegs das Humane abhanden gekommen. Jünger beschwört das stärkende Moment der Schmerzerfahrungen. »Der Schmerz gehört zu den Schlüsseln, mit denen man nicht nur das Innerste, sondern zugleich die Welt erschließt. Wenn man sich den Punkten nähert, an denen der Mensch sich dem Schmerze gewachsen oder überlegen zeigt, so gewinnt man Zutritt zu den Quellen seiner Macht und zu dem Geheimnis, das sich hinter seiner Herrschaft verbirgt. Nenne mir Dein Verhältnis zum Schmerz, und ich will Dir sagen, wer Du bist!« Eine Verherrlichung des Schmerzes als Prüfstein und höhere Gewalt, die immer heimkehren wird, schicksalhaft ist und deren List der Mensch nicht ausweichen könne. Es gilt, dem Schmerz nicht »zu entrinnen, sondern ihn zu bestehen«, um dann ganz im Geiste seiner Zeit die Gesetze der Natur einzubringen, die von selbst die Menschen sortieren: »In der von niederen Wertungen erfüllten Welt wird jedes große Maß schrecklicher als durch bleierne Gewichte zu Boden gedrückt, und die äußerste Zone des Leidens, bis zu welcher der stumpfe Blick vordringen vermag, wird etwa durch Kaspar Hauser und durch Dreyfus symbolisiert. Im Schmerz des bedeutenden Einzelnen spiegelt sich am eindringlichsten der Verrat, den der Geist gegen das Lebensgesetz begeht.«

Auf der einen Seite möchte man sagen, hier erübrige sich jeder Kommentar, und doch zwingt uns eine Auseinandersetzung mit dem kulturspezifischen Verhältnis zum Schmerz, diese dramatischen Überspitzungen einzubeziehen und zu charakterisieren, denn zeitgleich sind wir hier am Höhepunkt dessen angelangt, was Schmerzverleugnung auslösen kann. Denn die verheerenden Ansichten Ernst Jüngers zum Thema Schmerz sind auf dem Nährboden der spartanischen, kargen und zur Selbstverleugnung drängenden Ethik des Protestantismus gediehen. Und wir wissen, daß dieser Weg des kleinen Mannes, der selbstgerecht, pflichtbewußt und autoritätshörig ist, in die ultimative zivilisatorische Katastrophe führte. Nun sind wir in der Betrachtung des Schmerzes in ein derart grelles Licht geraten, daß man schleunigst vom Fleck möchte, weil die Implikationen so umfassend und erschlagend sind, daß einem dieser Ort zu stickig wird. Und doch muß hier innegehalten und gesehen werden, daß das Verhältnis zum Schmerz keine Meinungssache ist und daß es jede Beliebigkeit verliert. Denn die Verleugnung der eigenen Wahrnehmung von Schmerz und die Mißachtung der Schmerzen des anderen sind in ihrer letzten Konsequenz vernichtend beziehungsweise sie kündigen das Ende der Menschlichkeit an. Welch eine Menschenruine, die Jünger stolz vorführt und die Nachwelt in Scham tauchen wird!

Der unbeachtete Schmerz – Prügelknabe der Medizin

Das von der Medizin relativ spät entdeckte Gebiet der Schmerzforschung hat vor nicht allzu langer Zeit ein Verständnis der Schmerzbekämpfung aufkommen lassen, das Schmerzfreiheit zu den elementaren und dringendsten Anforderungen rechnet und ihr den Charakter eines strikten Menschenrechts zukommen läßt. Die Verstummung des Leidenden hat schon immer das Wegschauen vereinfacht. Und wenn laut geklagt wird, empfinden wir es als einen Kontrollverlust, der immer etwas Obszönes mitschwingen läßt. Der Mensch, der vor Schmerz Töne von sich gibt, rührt uns mit Pein. Das Vernehmen dieser Laute verletzt unser Schamgefühl. Denn die Intimität, an die der Schmerz rührt, wird im lauten Aufschrei nicht mehr verhüllt, und der freiwillige oder unfreiwillige Zeuge fühlt sich von diesem unfreiwilligen Exhibitionismus bedrängt und umzingelt. Seine bloße Präsenz macht ihn zum ertappten Voyeur, und er möchte fliehen. Es gibt keinen Notausgang in der Gegenwart eines leidenden Menschen.

Vor diesem Problem hat die Medizinerschaft schon sehr früh auf listige Weise Schutzschilde aufgebaut. Mitunter dokumentiert der weiße Kittel die Inszenierung der Unnahbarkeit, die sich Ärzte hier geschickterweise einräumten. Der wildgewordene Leidende hat in unseren Breitengraden überhaupt keinen Platz. Die Enthüllung seiner Scham macht uns beklommen, verlegen, desorientiert, bis wir uns distanzieren, wie es die

Ärzte auf durchschaubare Weise nach wie vor demonstrieren. Der weiße Kittel diente und dient nach wie vor exakt diesem Schutz der Scham. Die Hygiene ist ein längst vorgeschobenes Alibi. In der Reihe jener, deren Schmerz in gravierendem Maße überhört wurde, standen bis vor kurzem Alte und Kinder ganz vorn. Je weniger deutlich sie sich artikulieren konnten und vor sich hin gestikulierten, desto weniger wurde hingeschaut. In einem wilden Gedicht Arthur Rimbauds – »Les Assis«, die Sitzer – können wir dem Zorn der Vergessenen und Abgeschobenen lauschen.

Schwarz von Geschwülsten, pockig, grüne Augen-
  kragen,
Die Knollenfinger hart verkrampft ums Schenkel-
  bein,
Den Vorderkopf mit ungewissem Gram beschlagen,
Wie blühender Verfall an altem Mauerstein;

So haben sie in epileptischem Begehren
Auf große, schwarze Stuhlskelette aufgepflanzt
Die wunderlichen Knochen Tag und Nacht, in
  queren
Rachitischen Verstrebungen den Fuß verschanzt!

Die Greise sind auf ewig mit dem Stuhl verzwittert:
Ob rege Sonne zu Kattun bleicht ihre Haut,
Ob sie, zitternd wie eine Kröte schmerzlich zittert,
Zur Fensterscheibe blicken, wo der Schnee leis taut.

Und gut die Stühle, höchst bequem: aus braunen
  Sitzen
Quillt sacht das Stroh unter der Lenden Eck hervor;
Die Seele alter Sonnen glimmt verpackt aus Ritzen
Der eng verflochtenen Ähren, drin das Korn einst gor.

Die Sitzer, Knie am Zahn, die grünen Virtuosen,
Zehn Finger unterm Sitz, daß es wie Trommeln tönt,
Hören, wie Gondellieder traurig liebkosen,
Und schunkeln mit den Köpfen, mit der Welt
versöhnt.

– Oh! Zwingt sie bloß nicht aufzustehen! Dann
geht ihr unter …
Sie kommen hoch und knurr'n wie geohrfeigte
Katzen zu euch her,
Und langsam werden ihre Schulterblätter munter,
O Wut! Die Hose bläht sich überm Lendenschmer.

Ihr hört sie krummen Fußes tappen in der Stille,
Mit kahlen Köpfen krachen gegen dunkle Wand,
Und jeder ihrer Knöpfe wird zur fahlichten Pupille,
Aus tiefem Korridor den Blick auf euch gebannt!

Dann möchte ihre unsichtbare Hand euch töten:
Und kommen sie, den Blick von schwarzem Gift
durchtränkt,
Das sickernd kündet von verdroschner Hunde
Nöten,
Schwitzt ihr, in einen Foltertrichter eingezwängt.

Und wieder sitzend, Fäuste in Manschettenschmiere,
Grimmen sie jenen, die zum Aufstehn sie gebracht,
Und unterm kümmerlichen Kinn, da rasen ihre
Mandeldrüsen vom Morgenrot bis in die Nacht.

Und klappt's Visier herab vorm Schlafe, dem
Bezwinger,
erträumen sie sich überm Arm noch Stühle gar mit
Kind
Und Gängelstühlchen, richtig süße Dinger,
die für die stolzen Pulte grad der rechte Rahmen sind;

Und Tintenblumen, Kommapollen speiend, wiegen
Sie sacht, die sich entlang der Kelche hingekniet,
Ganz wie Libellen um Gladiolenhalme fliegen.
– Und an den Ährenbärten kitzelt sich ihr Glied.

Die Rage, die Amnesie, die Verwahrlosung der Würde starren uns in diesem Gedicht an. Es gibt keinen Ausweg.

Aber Engel gibt es doch noch. Sie kommen spät, aber sie kommen: Neue Entdeckungen reißen das Ruder herum. Ende des Schicksals.

Die bahnbrechende Entdeckung auf dem Gebiet der Grundlagenforschung eines sogenannten Schmerzgedächtnisses, das einen Chronifizierungsprozeß auf zellulärer Ebene entstehen läßt und ein tieferes Verständnis der Plastizität des Nervensystems ermöglicht, revolutioniert derzeit das Verhältnis zum Schmerz in der Medizin. Vieles fliegt dabei über Bord. Vor allem geraten die Grundfesten des Arzt-Patient-Verhältnisses ins Wanken. Interdisziplinarität wird nun deutlich gefordert und zwar im Prinzip für jeden Patienten. Alle bisherigen Strategien des »Beistands« der Ärzte für das unter Schmerzen leidende Individuum müssen neu überdacht werden. Und neue Behandlungsverfahren stehen auf dem Plan.

Die revolutionäre Devise lautet: Jeder Schmerz sollte systematisch beseitigt werden, und zwar so früh wie möglich. Denn der Schmerzreiz verursacht dynamische zelluläre Veränderungen, die, wenn sie wiederholt auftreten, die Zellen auf neue Schmerzempfänglichkeit »trimmen«; ebendies ist der Chronifizierungsprozeß. Überall wo es bisher geboten war, solange wie möglich auf die Anwendung von Chemie zu verzichten, ist es nun dringend geboten, einzuschreiten, um den Schmerz so früh wie möglich auszuschalten. Zur Prävention der Chronifizierung von Schmerzen werden, in viel früheren Stadien als bisher denkbar, konsequente Schritte indiziert. Starke Betäubungsmittel stehen endlich zur Debatte und verlassen die Ära des Tabus. Zumindest für diejenige Phalanx von Ärzten und Forschern, die in der eigenen Zunft einen mächtigen Wandel verursachen. Im Licht dieser neuen Entdeckungen gewinnen Opiate und Lokalanästhetika einen völlig neuen Stellenwert. Die vorgeschobenen Theorien der Drogenabhängigkeitsgefahr von Patienten, mit der Ärzte schon immer ihre Bedenken legitimierten, werden als falsch enthüllt. Die These der Furcht vor Sucht und psychischer Abhängigkeit ist beim Einsatz von Schmerzmitteln als Analgetika völlig verkehrt und von der Praxis längst widerlegt. Diese Substanzen unterbrechen die Weiterleitung jener Impulse, die mittels des zellulären Schmerzgedächtnisses zur Chronifizierung von Schmerzen führen.

Die Chronifizierung zu unterbrechen scheint nun das oberste Gebot. Selbst ein bereits bestehendes Schmerzgedächtnis kann im therapeutischen Kontext des Einsatzes der Lokalanästhesie wieder gelöscht werden. Zahlreiche neue Substanzen bereichern das Spektrum effizienter Pharmapräparate, die eine für jeden Patienten maßgeschneiderte Anwendung finden. Täglich Morphium einnehmende Patienten werden mit Genugtuung auf Ärztekongressen der Presse vorgeführt und berichten selbst über ihren derzeitigen Morphiumkonsum bei gleichzeitiger Berufstätigkeit. Sie stehen vor einer Journalistenhorde und sagen: »Ich nehme täglich soundsoviel Morphium ein, fahre zur Arbeit mit dem Auto und arbeite bei der Bundesbank 40 Stunden die Woche, manchmal auch mehr.« Dem Patienten wird hier zum erstenmal eine eigene Stimme verliehen. Dafür kämpfen in Deutschland eine Handvoll Ärzte, die das Skandalöse an der Indifferenz gegenüber Schmerzen wie einen politischen Kampf austragen. Auf den Pressekonferenzen, die diese Ärzte auf ihren Kongressen einberufen, herrscht der Geist einer ethischen Pflicht zur Aufklärung. Man fühlt sich ähnlich wie auf einer Amnesty International-Veranstaltung. »3 000 Suizide im Jahr wegen nicht beherrschbarer Schmerzen« werden dem perplexen Publikum hingeworfen. Ein immenses Unrecht widerfährt zu vielen Menschen. Nun aber bricht ein neues Zeitalter an, indem dieser Art von Folter endgültig ein Riegel vorgeschoben werden soll. Endlose verwaltungstechnische Prozesse und sonstige periphäre Erwägungen erhalten den Charakter des Infamen. 1996 wird auf dem Deutschen Ärztetag die Bezeichnung »spezielle Schmerztherapie« eingeführt. Gebietsbezogene Schmerztherapien werden automatisch in die Weiterbildungsordnung jedes Fachgebiets aufgenommen. Zu Medikamenten-Applikation und zu Standards in der Ausbildung werden auf zahlreichen Kongressen internationale Konzepte entworfen. Es wird vor allem deutlich, daß dieser revolutionäre Wechsel eine Mentalitätsfrage berührt. Langsam wird begriffen, wie tief verwurzelt die althergebrachten Überzeugungen im Umgang mit dem Schmerz waren. Dieses neue Licht, das auf jeden Schmerzpatienten fällt, blendet die alten verfahrenen Reflexe der Ärzte derart, daß in dieser neuen so hellen Umgebung eine radikale Umorientierung gefordert wird.

Und für diejenigen die sich noch immer nicht angesprochen fühlen, für diejenigen, die Zahlen brauchen, für die werden wirtschaftliche Konsequenzen des Ausfalls von Schmerzpatienten aus ihrem Arbeitszusammenhang errechnet. So wurde zum Beispiel für Migräne bekanntgegeben, daß etwa 6,5 Millionen mehr oder minder häufig von bohrenden Kopfschmerzen betroffene Menschen die BRD pro Jahr fast vier Milliarden Mark wegen Arbeitsunfähigkeit kosten. Weiterhin werden auch allein wegen Migräne drei Milliarden Mark »Verlust« durch Produktionsausfälle registriert. Der Schmerz spaziert hier stolz aus seiner wimmernden Nische. Diese Art der Beachtung verleiht ihm einen ganz besonderen Charakter. Selbst die Buchhalter geht er nun etwas an.

Ganze 11 Millionen Frauen und Männer in der Bundesrepublik wachen mit Schmerzen auf und müssen abends damit einschlafen – jeder achte Mann und jede fünfte Frau über 18. Die Umfrage von 1998, die diese Zahlen ermittelt hat (Emnid), hält auch fest, daß Menschen mit guter Schul- und Ausbildung und hochdotierten Jobs weniger von dauernden Schmerzen geplagt sind als Frauen und Männer mit weniger qualifizierten Abschlüssen und geringem Einkommen. Unter chronischen Schmerzen leiden deutlich mehr Frauen (21%) als Männer (13%). Es gibt keine Erkennungsmerkmale, kein einheitliches Muster, um Schmerz bestimmten Gruppen zuzurechnen und einzuschätzen, und dennoch lassen sich merkwürdige Phänomene feststellen: Handwerker, Bauarbeiter und Menschen, die körperliche Arbeiten verrichten, klagen weniger über Schmerzen als Büroangestellte, die ziemlich sichere Arbeitsbedingungen haben und vielleicht eher monotonen Tätigkeiten nachgehen.

Endlich ist deutlich die Rede von großer Unterversorgung mit Opioiden angesichts der auf zwischen 700000 und 800000 geschätzten Zahl von Schmerzpatienten, die eine Dauerbehandlung mit starken Mitteln brauchen. Im deutlichen Widerspruch dazu steht die hierzulande verfügbare Menge von Opioiden, die bei durchschnittlicher Dosierung für gerade mal 150000 Patienten reicht. Nach den Schätzungen der Deutschen Gesellschaft zum Studium des Schmerzes sind mehr als eine halbe Million Menschen mit Dauerschmerzen unzureichend medikamentös versorgt. Opioide werden in Deutschland noch extrem zögerlich verabreicht. In Frankreich wird währenddessen diskutiert, ob die Unterlassung der Hilfeleistung für Schmerzleidende zu einem Straftatbestand werden könnte. Auch wenn in den USA bereits in den vierziger Jahren die ersten Spezialkliniken Schmerztherapien anbieten, leidet auch dort heute noch immer jeder zweite Tumorpatient unerträgliche Qualen. Deutsche Ärzte verschreiben zehnmal weniger Opioide als ihre dänischen Kollegen, und beim Pro-Kopf-Verbrauch steht Deutschland im internationalen Vergleich weit hinten. Der Göttinger Arzt Hildebrandt äußerte dazu: »In puncto Schmerztherapie ist die ganze Welt ein Entwicklungsland.«

Die Ärzte, die in diesem Sinne hierzulande mobilmachen, werden immer mehr. Sie formieren sich zu einer unübersehbaren Front innerhalb der Medizinerschaft.[27] Die Internationale Vereinigung für Schmerzforschung (IASP) zählt 4000 Mitglieder. Aber der Weg ist steinig, denn es bedarf eines so radikalen Umdenkens, daß für die Ärzteschaft beinahe flächendeckend Umschulungen notwendig wären, um die ganz neuen Kategorien einzuführen, die ein neuer Umgang mit dem Schmerz verlangt. Die Weiterbildungsmaßnahmen sollten systematisiert werden.

Eine andere Revolution trägt ebenfalls zur konsequenten Schmerzvermeidung bei: die Errungenschaften der Chirurgie. Auch wenn viele Verfahren keineswegs mit dem eigentlichen Ziel entwickelt wurden, Schmerz zu verringern, sondern dazu, Methoden zu vereinfachen, sind sie für die Patienten oft entscheidende Erleichterungen. Die Videochirurgie, die Eingriffe fast ohne den Körper zu öffnen möglich macht, spielt innerhalb der zahlreichen Strategien der Schmerzbegrenzung eine wichtige Rolle. Ungute oder schädliche Fremdkörper werden durch winzige Schleusen aus dem Körper hinausgelotst. Diese listigen Eingriffe greifen die körperliche Integrität nicht in dem Maße an wie einst schwere Operationen. Wir haben eine Science-Fiction-artige Chirurgie erreicht. Wie bei *Gullivers Reisen* bewegt sich die von Menschen gesteuerte Technik im Mensch. Mikrosatelliten und Mini-U-Boote erfüllen lebensnotwendige und heilbringende Aufträge.

Der Schmerz appelliert an eine andere, neue Aufmerksamkeit. Nun kann der Arzt sich nicht mehr hinter seinem Wissen verschanzen. Jeder Schmerzen leidende Patient stellt für ihn eine Herausforderung dar. Der Status des Leidens verändert sich langsam. Es ist nicht mehr die Niederlage, die zum Ausgegrenztsein verdammt; und es gibt nicht mehr die Wut und die verletzte Scham in der Einsamkeit. In unabwendbaren Endstadien spielen sich noch zu häufig Dramen ab, die allein mangels besseren Wissens die Form der unterlassenen Hilfeleistung annehmen. Die Unzulänglichkeiten und die Scheu, den Schmerz konsequent zu reduzieren, führen nicht selten zur Vernichtung vieler Eckpfeiler der Existenz, die einst Sinn und Würde ausmachten. Eine nicht methodische oder nicht synchrone Verabreichung von Morphium treibt viele vorzeitig in die Hölle. Im stillen entstehen so entsetzliche Abhängigkeiten zu Krankenhauspersonal und Ärzten. Das Warten auf die nächste »Schicht« kann einem nachdrücklich die Lebenslust rauben.

Doch andere Herangehensweisen machen langsam Schule. Sie erzielen einzig das maximale Wohlbefinden des Patienten – die sogenannte Palliativmedizin, bei der die Befreiung von den Symptomen im Mittelpunkt steht. Dezidiert wird ein Klima der Erleichterung um den Patienten geschaffen. Angehörige sind willkommen. Man kann von einer regelrechten Begleitung in den Tod sprechen, die in Anspruch nimmt, alle Unannehmlichkeiten zielgerichtet abzuwenden. An diesem Punkt geht es nicht mehr um Heilung, sondern ausschließlich um den physischen Komfort und den Erhalt persönlicher Bindungen bis in den Tod. Als Freud zum erstenmal Max Schur begegnet, der später auch sein Arzt bleiben wird, sagt er ihm: »Versprechen Sie mir eine Sache: wenn es soweit sein wird, lassen Sie mich nicht unnötig leiden.« Elf Jahre später, als Freud vom Krebs befallen ist, mahnt er Schur: »Mein lieber Schur, erinnern Sie sich an unser erstes Gespräch? Da versprachen Sie, mich nicht im Stich zu lassen. Nun ist es nur noch Qual, und es hat keinen Sinn mehr.« Als Freud von höllischen Schmerzen traktiert wird, verläßt er das Leben aus eigenem Willen.

David Le Breton, der verschiedene Arbeiten zur Anthropologie des Körpers und des Schmerzes in Frankreich publiziert hat, sagt zur Würde im Zusammenhang mit Schmerz: »Die Würde ist kein Zustand, sondern eine soziale Anbindung, die keinerlei Zögerlichkeit im Balanceakt zwischen der Eigenliebe und der Bestätigung, die ihm andere zukommen lassen, toleriert.« Weiterhin macht Le Breton darauf aufmerksam, daß viele

Beobachtungen bestätigen, daß das Interesse an Euthanasie (in Deutschland »Sterbehilfe« genannt) nicht zuletzt exakt aus der Furcht resultiert vor einem Lebensende ohne Sinn, ohne Anerkennung, der Furcht davor, nur noch mit der Indifferenz von Angehörigen und Ablehnung von Krankenhauspersonal konfrontiert zu sein. Die Frage des Umgangs mit dem Schmerz appelliert an derart grundlegende Werte, daß die bisherige allgemeine Schwere des Umgangs damit, je näher wir dem Schmerz rücken, um so logischer erscheint. Eine allgemeine Sensibilisierung soll neue Wege zeigen. Das Resultat in Deutschland: 42 Gruppen in 37 Städte haben sich in den letzten Jahren formiert, um sich gemeinsam zu schützen und zusammen Interessen zu formulieren.

Und trotzdem läßt sich bei diesem Aufbruch noch immer beobachten, daß der konkrete Einsatz vieler Linderungsmöglichkeiten speziell in Deutschland verzögert wird. 1984 kam in Schweden ein Schutzpflaster auf den Markt, das eine Betäubungscreme enthält, die Blutabnahmen, Punktionen und viele kleine Eingriffe vor allem für Kinder erträglicher macht. Erst neun Jahre später wurde dieses Pflaster in Deutschland eingesetzt. Woher rührt dieses langjährige Sträuben? Dabei wird tief in den Überzeugungen wohl noch die Einsicht stecken, daß, wenn die Punktion vorbei ist, das Kind direkt von seinem Schmerz erlöst sein wird. Aber die Schmerzerfahrung hinterläßt dennoch Narben in den Seelen. Auch in den Kinderseelen.

In der Tat, die Schmerzen von Kindern fanden noch später ernsthaft Beachtung als die der Erwachsenen. Und die Gründe dafür sind komplex. Denn um dem Kind zuzugestehen, daß es Schmerzen hat, muß eingestanden werden, daß es welche empfindet. Lange glaubte man, daß seine neurophysiologische Unreife es keine Schmerzen empfinden lassen könnte oder daß es sich schneller davon erholen würde als der Erwachsene. Erstmal mußte sozusagen die sensorielle und psychische Bagage des Kindes erkundet werden, bevor man ihm vollwertige Schmerzen zubilligte. Aber die noch tiefer liegenden Hindernisse sind wohl erst spät eingestanden worden. Da der Sinn des Schmerzes über die religiösen Schienen immer in der Biographie des einzelnen gesucht wurde, war die Tatsache der kindlichen Schmerzen mit dieser Logik nicht einzusehen. Der Nonsens, den der Schmerz des Kindes immer vorführte, machte ihn sehr verdrängenswert. Er stellte für die religiösen Werte etwas Bedrohliches dar. Und heute stoßen wir angesichts von Schmerzen bei Kindern immer noch auf immense Mißverständnisse, die eine rasche Ausschaltung oder Linderung und adäquate Stütze erschweren. Aus dem klinischen Bereich wird berichtet, daß die depressive Haltung von Kindern in Anbetracht schwerer Schmerzen häufig falsch gedeutet und nicht als direkt damit zusammenhängend verstanden wird. Personal und Eltern sind häufig von Schuld geplagt, und in ihrer Ohnmacht deuten sie die häufige Apathie als Boykott oder Wut des Kindes. Die Erwachsenen leisten es sich also noch, es persönlich zu nehmen, und erkennen kaum, daß Passivität, Apathie, fehlende Expressivität direkte Schmerzfolgen sind. Ein Kind, das zu ruhig ist, sollte alle alarmieren. Dies wurde bis vor kurzem übersehen. Zu häufig haben auch heute noch die Verstrickungen neurologischer und psychologischer Interaktionen bei dem kranken und behinderten Kind fatale Folgen für die Eingrenzung und das Verständnis seiner Schmerzen.

Gedächtnis und Schweigen – von der Unüberwindbarkeit von Verletzung

Im Schmerz verschwimmt die Welt und, wie es Elaine Scarry akribisch zerlegt und dechiffriert, verschwimmt mit ihr die Sprache: Schmerz erzeugt eine Isolation, die die Anbindung an die Gesellschaft auflöst. Im Zuge der Lösung dieser Anbindung wird die Ausdrucksfähigkeit defektiös. Das Scheitern der Sprache beschreibt Elaine Scarry folgendermaßen: »Angesichts von Schmerz erscheinen alle Weiterungen – die Aussage, daß der Schmerz dieses oder jenes menschliche Prinzip verletzt, daß er objektiviert werden kann, daß er verstärkt oder daß er versteckt wird – als Trivialisierungen, scheint es, als verfehlten sie den Schmerz. Doch die Folge ist, daß der Schmerz in dem Augenblick, da er aus der gepanzerten Privatheit des Leibes herausgehoben und in Sprache gefaßt wird, schon wieder dorthin zurückstürzt. Nichts bietet seinem Bild Halt; nichts deutet auf den Ort hin, den er verlassen hat. Kaum hat er Zugang zur Rede gefunden, da weicht er wieder zurück. Unsichtbar ist er zum Teil aber aufgrund seiner eigenen Stärke, die seine Isolation sicherstellt, die sicherstellt, daß er nicht im Kontext anderer Ereignisse gesehen werden kann, daß er, wenn er Eingang in die Sprache gefunden hat, sogleich wieder zurückfällt und verheerend bleibt. Kurz, ein absoluter Anspruch auf Beachtung trägt dazu bei, daß er letzten Endes unbeachtet bleibt.«

Um diesem dramatischen Defizit entgegenzuwirken, hat sich ein Grundlagenforscher auf dem Gebiet der Schmerztherapie ebenfalls des Problems der Spracherzeugung angenommen: Ronald Melzack, der ein genaues Bild der Physiologie des Schmerzes gezeichnet hat, entwarf mit seinem Kollegen W. S. Torgeson ein diagnostisches Hilfsmittel: Der »McGill Pain Questionnaire«, ein Schmerz-Fragebogen. Er sammelte die Ausdrucksweisen seiner Patienten und gruppierte sie zu Schmerzarten, um festzustellen, daß sie, auf diese Weise organisiert, schließlich gar nicht so aussageschwach sind, wie sie erscheinen. Melzacks Motiv ergab sich aus der Feststellung, daß die Praxis der Medizin bislang nur über die Bezeichnungen »leichte Schmerzen« und »starke Schmerzen« verfügte, um Schmerz zu erfassen, und daß doch diese Ausdrücke nur eine sehr begrenzte Dimension der Empfindungen wiedergeben. Die Wissenschaft ihrerseits belegt dennoch schon längst sehr differenzierte Schmerzbeschreibungen. In der Enzyklopädie von Diderot und d'Alembert findet sich im Artikel über Schmerz (von Aumont 1755 verfaßt) eine sehr genaue Klassifizierung verschiedenster Schmerzarten. 1761 entwarf bereits ein Arzt namens Tissot ein Fragebogen-Modell mit dem Titel »Avis au peuple sur sa santé« (Meldung an die Bevölkerung die Gesundheit betreffend). Jeder Leidende sollte seine eigenen Symptome charakterisieren können. Melzack führt dieses Spektrum der Differenzierungen sozusagen in unserem Zeitalter wieder in die Praxis ein. Diese Ergänzung der ärztlichen Diagnostik soll die Aufmerksamkeit vom quasi-instinktiven Wegschauen wegholen. Aber dies bleibt eben nur eine diagnostische Hilfe. Dem eigentlichen Stocken der Sprache ist wahrhaftig nicht abzuhelfen. Genauer genommen erkennt man im Schweigen die ultimative

Strategie eines Selbstschutzes. Das Schweigen erscheint wie die Schöpfung einer Perversion, die sich wie ein Pfropf zwischen Trauma und Gegenwart schiebt und Schutz bietet. Würden wir daran rütteln, bedrohten wir erneut die gesamte Person.

Diese quasi evidente Unmöglichkeit der Sprachfindung kann sehr zynisch erscheinen lassen, daß dem bißchen Sprache, das sich noch einen Weg bahnen kann, auch noch fehlende Emotionen diagnostiziert werden. Eine entemotionalisierte Sprache, der die Dimension der Phantasie (noch kühner!) abhanden kommt. Eine Erzählweise, die am Konkreten klebenbleibt, als sei der Mensch mit seiner dünnsten Schicht mit der Welt verbunden. Die Menschen erzählen von ihrem Schmerz wie Berichterstatter, ohne Metaphern, in einer stereotypen Sprache, Klischees, als sprächen sie von anderswo aus, nicht in ihren Zustand eingebunden. Die Erzählungen bosnischer Frauen, die von serbischen Männern vergewaltigt wurden, bestätigen dies erneut. Die Fassungslosigkeit über das Widerfahrene läßt jede Kriegsberichterstattung kapitulieren. Slavenka Drakulić, Journalistin und Romanautorin, nahm sich vor, darüber zu informieren und aufzuklären, um diesen Frauen eine Stimme zu verleihen. Sie sammelte Berichte und Erzählungen jener Frauen, die bei ethnischen Säuberungen der Serben verschleppt, gequält und systematisch vergewaltigt wurden. Sie hatte vor, diese Berichte zu publizieren, bis ihr irgendwann aufging, daß die von den Opfern gewählte Sprache gewissermaßen keinen lesbaren Text ergeben, noch nicht einmal für eine Dokumentation. Die Sprache stellte sich als eindimensional, lakonisch, repetitiv heraus. Die Wortwahl war nicht in der Lage, dem Erlebten eine Gestalt zu verleihen. Das gesprochene wurde zu »Ich-losen« Schilderungen. Das

Buch, das Slavenka Drakulić schließlich herausbrachte, trägt den Titel *Als gäbe es mich nicht*. Es wurde ein Roman. Um berichten zu können, wurde Slavenka Drakulić zur Romanform gedrängt. Um zu dokumentieren, mußte sie das Spiel der Fiktion wählen. Da die Sprache sich vom gemarterten Individuum löste, hat sie sich einer Form bedienen beziehungsweise anmaßen müssen, bei der die Frage erlaubt ist: »Stimmt das eigentlich?«

Die Analytikerin Joyce McDougall vergleicht die Patienten, die heftigen Schmerzerfahrungen ausgeliefert waren, mit Kindern, die früh emotional vernachlässigt wurden und die sich nach einer Wut- und Protestphase schließlich auf eine eintönige depressive Fläche zurückziehen, mit dem Anschein, sie hätten ihr Leid womöglich vergessen. Sie entgehen zielstrebig jeder Bindung, die ihnen wieder entzogen werden könnte, und halten sich schlußendlich an eine reine Sachverhalte vermittelnde Sprache – »pensée opératoire« genannt.[28]

Berichte aus dem klinischen Bereich dokumentieren die Komplexität der Eingebundenheit von Schmerz in die Biographien. Durch die Transparenz, die dort das Akute verrät, können wir in Zuspitzungen Einblick gewinnen, in denen Schmerz entscheidende Rollen übernehmen kann. So wissen wir von Patienten aus der Psychiatrie, daß sie zum Beispiel über schreckliche Schmerzen klagen, die ihnen von bösen Gestalten zugefügt werden, die Elemente eines Verschwörungswahns sein können, ohne daß physische Erscheinungen im klassischen Sinn diagnostizierbar sind. Andere Patienten legen offen, sie seien gesund und wohlauf, bis irgendwann bemerkt wird, daß ihr Mund voller Karies ist, oder bis andere ähnlich akute Symptome auftreten, ohne daß sie davon berührt zu sein scheinen. McDougall berichtet von einer Patientin, die nach einem Verkehrsunfall gravierende Beschwerden hat. Bei diesem Unfall verlor sie ihre Eltern und ihren Verlobten. Ihr einziger Kommentar war: »Ich wußte, daß ich mich jetzt zusammenreißen mußte.« Die Ärzte sind perplex. McDougall fragt, ob »sie die psychologische Wahrheit hinter dieser brutalen Äußerung hätte ertragen können, daß nämlich ihre psychische Welt durch den Doppelunfall erschüttert worden war und daß sie selbst Gefahr lief auseinanderzufallen«. Alexithymie heißt diese besondere Unfähigkeit, emotionale Zustände zu benennen oder ihr Vorhandensein anzuerkennen. Psychiater und Analytiker führen dies auf eine Schwierigkeit beziehungsweise Hemmung der sprachlichen Symbolisierung zurück. McDougall berichtet, daß manche ihrer Kollegen einen irreversiblen physiologischen Defekt unterstellen, wenngleich sie dies für eine nicht sonderlich kreative Hypothese hält. Um diesen Mangel zu verstehen, vermutet McDougall eher eine Abspaltung seelischer Widerspiegelung vom affektiven Erleben. Wie wo, und wann diese Abkoppelung stattfinden kann, bleibt ein Rätsel. So zieht McDougall vor, es bei der Erklärung zu belassen, ein symbolischer, libidinöser oder physiologischer Mangel könne bei starken Schmerzen auftreten, die von affektiven Überbelastungen und Traumatisierungen begleitet seien.

Für Psychiater sowie für Psychoanalytiker verbirgt sich hinter dem, was uns bei Sprachlosigkeit oder dem Gestus, unbeteiligt zu sein, irritieren kann, immer eine sinnstiftende Geschichte, die den Schmerz sehr erhellt. In der Not, in die der Mensch im Schmerz gedrängt wird, strickt er sich zugleich genialerweise Auffangnetze und baut sich Schutzschilde, die ihn vor dem »Auseinanderfallen« zuverlässig schützen können. Die Kunst besteht darin, sie zu erkennen und entsprechend behutsam mit ihnen umzugehen.

Alle diese Beobachtungen deuten darauf hin, daß die Sprachkompetenz den Weg des Gedächtnisses in derart scharfer Weise ebnet und somit die Sprache das Erinnern erst ermöglicht. Wenn das Erlebte unerträglich war, muß also logischerweise der Zugang zu ihm gesperrt werden. Die Sperrung nimmt Gestalt in einer Sabotageaktion an. Indem die Sprache sich defekt »stellt«, wird der Zugang zur Erinnerung verwüstet. Ein unbewußter Selbstschutz-Mechanismus versperrt diesen Weg, indem er Sabotage an der Sprache verübt.

Sowohl die Erfahrung physischer als auch psychischer Schmerzen beziehungsweise seelischer Leiden schafft Verletzungen, die das Individuum in seinen letzten Verschlag jagen. Und selbst in diesem letzten Verschlag verstummt der Mensch: Nach dem Holocaust und in der fortdauernden Betäubung der Affekte zu vieler Deutscher hüllen sich die Überlebenden in Schweigen. Dieses Schweigen ist keine Reaktion auf ein Verhalten der Deutschen, die sich ebenfalls in Schweigen hüllen. Es sind zwei Arten von Schweigen. Das Schweigen der Überlebenden ist eine ganz eigenartige autonome Schutzstrategie. Es steht keineswegs mehr in bezug zu der Unfähigkeit der Deutschen, die Tragweite ihrer Taten zu realisieren. Es geht gar nicht um eine nicht mögliche Kommunikation. Das Schweigen der Überlebenden ist ein unentbehrlicher Riegel der dem »Vorher« vorgeschoben wird, damit die Gegenwart lebbar bleibt – damit ein »Jetzt« lebbar ist und ein »Danach« möglich wird. Eine Durchlässigkeit vom »Vorher« zum »Jetzt« würde lähmen, die Zeit stoppen, die reale Beweglichkeit und die Traumfähigkeit noch einmal vernichten. Der Schmerz ist nicht integrierbar. Gar nicht und nie.

Als Naomi Bubis und Sharon Mehler, 1963 und 1970 geborene Frankfurterinnen, sich vornahmen, dem Schweigen ihrer Eltern nachzugehen, trafen sie andere Kinder von Eltern, die die Shoah überlebt hatten und konstatierten, daß im Wissen um deren Geschichte viele Risse und Lücken bestehen. Die bewußte Auseinandersetzung mit diesen Rissen hat sie durch ihre vielen Begegnungen zwar reicher an Empfindsamkeit werden lassen, hat aber bezeugt, daß die eigentliche Sprachschranke nach wie vor kaum überwindbar ist. Sie berichten, daß, wenn die Barrieren wegfielen, dann nur für die Zeit eines Gesprächs oder für die Zeit einer Reise. Der Raum, in dem diese Erinnerungen aufgehoben sind, schließt sich wieder. »Es liegt zuviel Trauer darin für ein Menschenleben, zu viel Tod, zu viel Demütigung, zu viel Leid«, beschreibt der Sohn Überlebender. Er stellt fest, daß er mit seiner Tochter Ähnliches bereits reproduziert. »Ich möchte heute leben, jeden Tag genießen, eine unbelastete Tochter großziehen, Liebe geben und empfangen. Ab und an werde ich vielleicht einen vorsichtigen Blick in die Kiste werfen, ohne mich in ihr zu verlieren.«[29]

Und die Jungen fragen nicht mehr weiter, und die Alten schweigen wieder. Die leise Beklemmung, die die »Shtika« (hebräisch Schweigen) bei den Kindern hervorruft, hat sich kaum verwandelt. An der Lektüre ihres »Versuchs, ein Tabu zu brechen« (so der Untertitel ihres Buches) ist beeindruckend, daß die beiden jungen Frauen durch Reden, Begegnen, Fragen und noch einmal Sprechen weder eine zusammenhängende Erläuterung der Eltern noch ein Modifizieren des

Schweigens erreicht haben. Auch ihr Wille, zu dokumentieren und aufzuklären, verdunstet. Aus ihrem Versuch resultiert schließlich die Einsicht, daß das Schweigen selbst »ohne Einschränkung« zu akzeptieren ist, und zwar in der Weise, daß es in Ruhe gelassen werden soll. Selbst gegenüber den eigenen Kindern ist das Aufbrechen dieser Erzählung gewissermaßen unmöglich. Die Hülle des Schweigens mißt sich weder an Vertrauen und Geborgenheit noch an gutem Willen. Die Hülle muß die Hülle bleiben. Und hier erscheint das so brisant, was Elaine Scarry mit der »Inkommensurabilität des Schmerzes, der wir Achtung zu zollen haben, indem wir ihn aus der profanen Rede ausschließen« meint. Daß der Schmerz sich gegen Sprache sträubt, ist weder zufällig noch nebensächlich, sondern bezeugt, was er in Wahrheit ist. »Er ist nicht *von* oder *für* etwas. Und gerade weil er kein Objekt hat, widersetzt er sich mehr als jedes Phänomen der sprachlichen Objektivierung.«

Diese Phänomene könnten auch endgültig erhellen, weshalb Martin Walsers Rede in der Paulskirche geschmacklos und infam bleibt.

Die süßen Schläge – der andere Schmerz

Er wurde immer ganz besonders erregt, wenn sie ihm die Brustwarzen quetschte, und zwar richtig stark. Das galt als sein Sprungbrett zu höchster Erregung, und sie mußte nicht selten innehalten vor der Grausamkeit, die er ihr abverlangte, um sich schließlich gänzlich in ihren Armen verlieren zu können.

Er euphorisierte sich an der Vorstellung, wie ein Bengel gepackt zu werden, ruppig und distanzlos in die Schoßwärme gedrängt zu werden, am besten mit fleischfarbenen Strümpfen, und dabei buchstäblich den Hintern versohlt zu kriegen. Eine riesige Frau sollte *das Kind* in die Wärme ihrer Schenkel zerren und es mit der bloßen Hand schlagen. Ganz winzige Details reichten aus, um diese Phantasie auszuschmükken. Wenn am Ende die Erlösung in rhythmische Schläge mündete, war auch hier das flüchtige irdische Glück sicher.

Ein zynischer und arroganter Mann zeigte sich ihr gegenüber besonders respektvoll, seit sie ihn in der Öffentlichkeit schlecht behandelt hatte. In Wirklichkeit hatte sie ein schlechtes Gewissen, eine Situation hatte sich ergeben, in der sie ihn, ohne daß es ihr anfangs bewußt sein konnte, schließlich vor anderen desavouiert hatte. Von da an begann er, sie zu hofieren.

Die Irrwege, die sich das Begehren durch die Welt wühlt, hören nicht auf, uns durch ihre Widersprüchlichkeit sowohl zu schockieren als auch zu faszinieren. Wie kann das Glück sich im Schmerz verschanzen? Was passiert nur, wenn die Sehnsucht die extreme Unlust aufspürt, um zur Ruhe zu finden? Freud, der den Masochismus als die häufigste und bedeutsamste aller Perversionen ansah, hat drei Arten der masochistischen Haltung eingekreist. Er nannte sie erogen, feminin und moralisch (Krafft-Ebing hatte den moralischen Masochismus schon als ideellen Masochismus bezeichnet). Wie bei diesen drei Männern: Der eine brauchte realen physischen Schmerz, um intensive Lust zu spüren, der zweite brauchte die Vorstellung und Inszenierung einer mütterlichen Demütigung, um sich zu entspannen, der dritte mußte sich als Opfer fühlen, »als hätte sich ein widriges Schicksal gegen (ihn) verschworen«.

Der Trieb als autoritärer und launischer Regisseur unserer Phantasie führt einen ewigen Kampf mit den Ansprüchen der Realität. Im Boudoir der »Ich«-Herrschaft werden die frevelhaften Regungen geknetet und geknebelt, abgeduscht und frisch angezogen, um präsentabel zum großen Auftritt vor dem »Anderen« zu erscheinen. Unser Doppelleben wird als vertretbar frisiert und zurechtgerückt. Freud ist der Struktur dieser Widersprüche erstmals methodisch auf den Grund gegangen. Sade hatte gewiß schon alle Elemente gesammelt, um diese Struktur zu erkennen, er plazierte sie dennoch lieber genußvoll in ironische und den Leser durch Wiederholungen marternde Geschichten. In der Zeit zwischen Sade und Freud brodelt es. Die »Un-Heimlichkeit« der bürgerlichen Familie hat Sackgassen geschaffen, aus denen nur mühsam herauszufinden ist. In der Anstrengung, diesen Sackgassen zu entkommen, rächten sich Frauen, indem sie einen unbestechlichen und erbarmungslosen Stellvertreter vorschickten: ihr Unbewußtes, mit der faszinierenden Erfindung der Hysterie.

Freud wurde durch seine Patienten gewissermaßen dazu gelotst, die Genese der Lust in der Unlust aufzudecken. Durch die Erzählungen seiner Patienten kristallisierte sich schließlich ein Motiv heraus, das Freud »ein Kind wird geschlagen« nannte. Anhand dieser wichtigen und immer wieder auftretenden Vorstellung zeigte Freud, woraus Ambivalenz gewebt ist. In den verschiedenen Stadien dieser Erzählung wird deutlich, wie Eros und Thanatos sich aneinander binden, wie Erregung und Schlagphantasien legiert sind.

Mit der Entdeckung einer bei mehreren Patienten (Frauen wie Männern) auftretenden Phantasie stellt er 1919 einen brisanten Widerspruch fest. Die Phantasie, daß ein Kind geschlagen wird, ist an Lustgefühle geknüpft. Die vorgestellten Situationen innerhalb der Phantasie modifizieren sich im Laufe der Erzählung. Aus »ein Kind wird geschlagen« wird »unbestimmt viele« Kinder werden geschlagen; mal sind es »immer nur Buben«, mal »nur Mädel«. Scham und Schuldgefühle gehen miteinander einher. Eine Phantasietätigkeit setzt ein, um »einen Reichtum von Situationen und Institutionen zu erfinden, in denen Kinder wegen ihrer Schlimmheit und Unarten geschlagen oder in anderer Weise bestraft und gezüchtigt werden«. Die scheinbar bedrohliche Phantasie wird als lustspendend enttarnt.

Mit diesem Schritt öffnet Freud die entscheidenden Tore zum Verständnis der ambivalenten Sprache sexueller Phantasien und ihres schwierigen Verhältnisses zu den Wünschen. Im selben Wurf zeigt Freud, wie die Phantasie, von der Realität inspiriert, dennoch klar von dieser unterschieden bleibt. Freud rekonstruiert bei seinen Patientinnen die Wandlungen, die diese Phantasie durchmacht. Das geschlagene Kind ist nicht die Patientin selbst, sondern ein anderes. Die schlagende Person stellt sich allmählich, aber deutlich als der Vater (des Mädchens) heraus. Daraus wird »der Vater schlägt das mir verhaßte Kind«. In einer nächsten Phase wird daraus »ich werde vom Vater geschlagen«. Später verschwimmt die schlagende Person wieder; sie bleibt unbestimmt oder wird in eine Vatervertreterrolle (Lehrer) umgemünzt, an die Stelle des »ich werde geschlagen« tritt »viele andere Kinder«. In diesem Stadium, so führt Freud aus, »ist die Phantasie jetzt der Träger einer starken, unzweideutig sexuellen Erregung und vermittelt als solche die onanistische Befriedigung. Gerade das ist das Rätselhafte. Denn auf welchem Wege ist die nunmehr sadistische Phantasie, daß fremde und unbekannte Buben geschlagen werden, zu dem von da andauernden Besitz der libidinösen Strebung des kleinen Mädchens gekommen?« Daraus entwickelt sich endlich die zentrale Sinngebung: »Der Vater liebt dieses andere Kind nicht, er liebt nur mich.« Der Akzent wird auf den ersten Teil gesetzt, während der zweite Teil dem verinnerlichten Verbot unterliegt und verdrängt wird. Mehr noch: Das Schuldbewußtsein transformiert den verbotenen Wunsch zu »Nein. Er liebt dich nicht, denn er schlägt dich.«

Es ist also das Schuldbewußtsein, welches den Sadismus, die Lust an der Züchtigung eines anderen, in Masochismus umwandelt. Mit der stufenweise nachvollzogenen Auflösung dieser Phantasie tritt eine entscheidende Korrelation zum Vorschein: Das lustbereitende »Vater liebt nur mich« geht einen umständlichen Umweg, aus dem nur noch »ein Kind wird geschlagen« zum Bewußtsein zugelassen wird. In der damit vollzogenen Verdrängung bleibt das Selbstherrliche auf der Strecke, um im verklausulierten Ersatz den Masochismus vorherrschen zu lassen. Erst Schläge und Züchtigung machen die Liebe des Vaters spürbar. Die Art, auf die Lust und Schmerz hier verschlüsselt miteinander verbunden sind, deckt eine entscheidende Ambivalenz auf und kündigt somit eine kaum endende Odyssee an: Unser grandioses Selbst schafft sich einen Platz in der Welt.

Theodor Reik liefert 1941 eine umfassende Studie über »die dunkle Sehnsucht nach Leiden«, die sehr bereichernde Ergänzungen, aber auch Korrekturen an Freuds Arbeit beinhaltet. An jener Stelle, an der Freud von Verwandlung von Aktivität in Passivität spricht, sieht Reik eine »Wendung in ein reflexives Triebziel« und überführt somit den Masochismus als eine nur vermeintlich passive Haltung. Hier wird der Masochismus als Provokation enttarnt. Reik macht uns auf ein entscheidendes Detail aufmerksam: »Die Unlust wird nicht aufrichtig gefühlt.« Er entdeckt dort eher Trotz, Hohn, Auflehnung, Rachsucht. Durch die Darstellung des Gegenteils stellt die masochistische Haltung eine Flucht nach vorn dar, bei der der Trotz im übertriebenen Ausdruck der Selbstverhöhnung kein »kleinliches Streben, recht zu behalten« darstellt, sondern hinter dem sich »die wichtigsten Interessen des Individuums verbergen«. Dieses »Virtuosenstückchen des Ichs entpuppt sich als tückische Rebellion: Seine Sabotage nimmt die Gestalt völliger Fügsamkeit an. Daß er (der Masochist) sich nicht wehrt, das ist sein Widerstand.«

Also können wir die gewollten, lustspendenden Schläge als ein Täuschungsmanöver ansehen. Die Aggression wird an das Gegenüber delegiert. Eine aggressive Ausgangsposition hat das Szenario so geschickt umgedreht, daß dem anderen das Ausführen der aggressiven Anteile überlassen wird. Eine geschickte, tückische Rollenverteilung, die vor allem eines erreicht: von der eigenen Aggression abzulenken. So können wir zu Recht annehmen, daß es reinen, wirklichen Masochismus nicht gibt.

Sowohl beim sogenannten femininen als auch beim moralischen Masochismus wissen wir, welche kolossalen Leistungen die Phantasie erbringen kann, damit Schläge und Schmerz als süß empfunden werden können. Wenn wir aber die erogene Schmerzunempfindlichkeit betrachten, bleibt uns doch verschlossen, welche so starken und hermetischen Verdichtungen es schaffen, den Schmerz so konkret in Genuß umzumünzen. Der physiologische Faktor ist hier verblüffend. Reik hebt dennoch hervor: »Es ist nie der Schmerz als solcher, der ursprünglich gewollt ist, sosehr dies auch den Anschein hat, sondern etwas, was mit dem Schmerz, zugleich mit ihm, vor oder nach ihm, als Vorbote, Begleitung oder Folge eintritt.«

Die konsternierenden Exzesse von Selbstverstümmelungen, von denen heutzutage Psychiater berichten, lassen uns erstarren. Welche psychischen Strategien derart erbarmungslos wüten können, ist jenseits jeglichen Vorstellungsvermögens. Hier haben die gängigen Betäubungen im Kreislauf von Verlieren und Wiederfinden von Liebe, von getrennt und wiedervereinigt, von ausgelöscht und wieder lebendig, von unmündig und wieder frei, keineswegs ausgereicht. Die meisten Frauen fühlten sich schon als Kind in ihrem Körper nicht aufgehoben. Eine konsequente Aushöhlung der Illusionen begleitet die Kindheit, das Überströmtwerden von Verlassenheitsgefühlen komprimiert sich zu einer unausweichlichen, heftigen Autoaggression. Einige solche Beispiele, wie sie Louise Kaplan in ihrer Mammutsammlung weiblicher Perversionen dokumentiert, widerlegen bisherige Theorien, die besagen, daß es weibliche Perversion nicht gibt. Was noch Gültigkeit besitzt, ist die Feststellung, daß ein bestimmter Typus von sexualisierter Gewaltanwendung nach wie vor Frauen in Kriminalstatistiken als abwesend erscheinen läßt. Louise Kaplan bemerkt dazu: »So grauenerregend Selbstverstümmelung auch sein mag, die perverse Strategie, die dieses Verhalten ermöglicht, zielt darauf ab, noch Schlimmeres zu verhindern – Mord, tiefe Depression, Wahnsinn. Und obwohl die Maske des Eros, die normalerweise die grinsende Maske des Todes verhüllt, bei der extremen Selbstverstümmelung kaum noch erkennbar ist, existieren doch immer noch ein erotisches Element und ein Verlangen, die eigenen Illusionen von Perfektion in der Wirklichkeit umzusetzen, ein Wunsch nach Wiedervereinigung mit einer allmächtigen Person, die erst Liebe gab und sie dann nahm.« Es ist offenkundig, daß bei diesen dramatischen Entgrenzungen, die diese reflexiven Verletzungen möglich machen, eine ritualisierte Wiederaufführung eines infantilen Traumas am Werk ist. Ein unwiderstehliches Verlangen scheitert beständig daran, etwas Zerbrochenes wieder zusammenzufügen.

Jenseits der verborgenen einzelnen Dramen hat sich eine schamlose sogenannte S/M-Kultur breitgemacht. Es handelt sich um eine Subkultur, die mit dem Schmerz kokettiert. Schmerz wird dort als aufregend wahrgenommen, weil man »dazu steht«. Diese Enklaven gab es wohl schon immer, nur haben sie sich inzwischen Orte gepachtet, an denen die Spiele mit den süßen Schlägen nach Publikum gieren. Spießigste Plüschsalons und lächerliche Folterkammern offerieren unzählige Varianten der Peinigungen und des Partnertauschs. Genauer gesehen handelt es sich um sehr schmalspurige Phantasien von Regression. Ein merkwürdiges Wettrennen um das Bekennen zu realen Praktiken dokumentiert stets die Armut oder gar das Schwinden von Phantasie. Die vermeintlich bunten Federn von Möchtegern-Perversen stranden in biederen Vorstadtklubs, und diese erfreuen sich des Besuchs von Journalisten, die die Kamera auf Leder, Latex und Nieten in Großaufnahme halten, um die Gier des Publikums zu sättigen. Eine moluskenhafte Öffentlichkeit hat Tabu und Sexualität in den Kontext armseliger Schamlosigkeit gestellt.

Pfeifend zum Schafott – die Legende der glücklichen Geburt

Am Anfang des 3. Jahrtausends stellt das Gebären – wie sonst nur noch der Tod – die letzte unzügelbare Instanz der menschlichen Existenz dar. Es scheint, als wolle das Mittelalter den weiblichen Körper um keinen Preis loslassen. Trotz aller Errungenschaften unseres hochtechnisierten Zeitalters haben wir keinerlei Anhaltspunkte, um zu erklären, welche Faktoren es sind, die den unterschiedlichen Ablauf von Geburten bestimmen. Es gibt keinen Indikator, der den Verlauf einer Geburt abschätzbar macht: weder die Vorbereitung einer Frau auf die Geburt noch ihr Körperbau, weder ihr Befinden während der Schwangerschaft noch ihre Einstellung zum Kind, nicht ihr Umfeld oder die geburtstechnische Vorbereitung, kein Glaube und kein Aberglaube taugen, um die Entbindung vorhersehbar zu machen. Die Anstrengungen, das Geschehen um die Geburt zu rationalisieren, medizinisch zu bewältigen und zu humanisieren, ändern nichts daran, daß die sogenannte »spontane«, »authentische« oder »normale« Entbindung, ohne Kaiserschnitt oder Periduralanästhesie, so barbarisch wie kein anderer geläufiger Vorgang in unserem Zeitalter bleibt. Die Garantie für den Schutz der körperlichen Integrität, das Postulat der physischen Unversehrtheit, die zu den Fundamenten unseres »Gesellschaftsvertrags« gehören, werden für die Frau, während sie ein Kind gebiert, aufgehoben.

Fast jede Geburt ist von überwältigenden Schmerzen begleitet. Und das Kollektiv, das darüber ein dumpfes Wissen sorgsam verborgen hält, schaut weg und beschwichtigt die Schwangere mit einem mysteriösen »Alles wird gut.«

Die Geschichte der Schmerzlinderung im Bereich der Geburtshilfe ist zweifach verlangsamt. Denn bei der Geburt kommt noch hinzu, daß vielfach tief verankerte Mythen die Schmerzen von Frauen der unverrückbaren Ordnung der Dinge zurechnen. Und was hier die Sache besonders komplex macht, ist, daß die Frauen selbst diese Mythen perpetuieren. Und die synergetische Dynamik dieser fatalen Haltung mit den misogynen Umtrieben eines autoritär strukturierten medizinischen Apparats hat in der Tat Frauen bezüglich der Geburt in eine totale Unmündigkeit manövriert.

Die spezifische Bedeutung, die dem Schmerz einer »authentischen Geburt« heute noch zukommt, zeigt, daß die Frauen noch lange nicht aus dieser Unmündigkeit befreit sind. Und wir können uns vor lauter Aufklärung geradezu geblendet fühlen, aber die nachhaltige Vernachlässigung von Geburtsschmerzen wütet dabei munter weiter. Das Mißverhältnis zwischen diesem Wegschauen auf der einen Seite und die sonst sehr bemühten Humanisierungsversuche auf der anderen Seite lassen uns perplex zurück.

Das Thema der Schmerzlinderung bei der Geburt stellt sich hierzulande als besonders brisant dar. Ohne Linderungsmittel eine Geburt mit unmenschlichen Schmerzen zu überstehen wird immer noch als sehr tugendhaft angesehen. Der Mythos, der Schmerz bilde einen Grundstein für die Mutterliebe oder sei ein unumgehbarer Bestandteil des Vorgangs selbst, ist hartnäckig. Nicht leiden zu wollen erscheint in den meisten deutschen Kliniken nicht als Grund genug, um sich bei der Geburt eine Periduralanästhesie legen zu lassen. Teilt eine Schwangere mit, sie möge eine PDA gelegt haben, kommt die Gegenfrage von den Hebammen, wenn die Schwangere zur Anmeldungen in die Klinik kommt: »Was ist ihr Problem? Trauen sie sich doch mehr zu!« Frauen werden sehr stark darin unterstützt, sich auf ihr Selbstvertrauen zu verlassen, um Schmerzen zu bewältigen. Möge dieses auch unerschütterlich sein, so wissen wir doch alle, daß es für eine Geburt gar nichts nützt. Hier findet ein eklatanter Betrug statt. Die höllischen Schmerzen, die sich bei der Geburt als zentral herausstellen, werden in einer wohlmeinenden Vorbereitungskultur unter »ferner liefen« behandelt. Man spricht von Veratmen und intensivem »Bei-sich-Sein«. Was beinhaltet diese Lüge? Leidet die deutsche Frau bereitwilliger? Die Französinnen greifen unbeschwerter auf die Periduralanästhesie zurück beziehungsweise ist es inzwischen so, daß sie in Frankreich systematisch angeboten wird. Sehr häufig berichten Frauen in Deutschland vom Rückgriff auf die Periduralanästhesie in Tönen der Rechtfertigung. Sie meinen, sich für den Gebrauch eines effizienten Schmerzausschaltungsmittels entschuldigen zu müssen.

Die heftigen Schmerzen, die Frauen bei der Geburt durchleben, reißen sie vorübergehend aus der menschlichen Gemeinschaft. Vernunft und Bewußtsein werden dabei an den Rand gedrängt, während der Körper die Regie übernimmt. Unter den Umständen der Geburt wird das Individuum negiert, die Citoyenne verfällt wieder in Unmündigkeit. Die Betäubung von

Schmerzen wird in der Frauenkultur jedoch als Entfremdung angeprangert. Die Kritik an der Apparatemedizin gipfelt in der Forderung nach dem uneingeschränkten Erlebnis der Geburt, also drückt man beim Schmerz die Augen zu. Die Weigerung, auf Schmerzmittel zurückzugreifen, um die Geburt zu erleichtern, ist als ein blankes ideologisches Konstrukt zu dechiffrieren.

Um Frauen versammeln sich heutzutage bei einer Geburt in der Regel Hebammen, Ärzte, begleitende Männer. In jeder Gruppe findet sich ein antiquierter Flügel, der an der Vergangenheit festhält, vermeintlich Befreite, die in militanten Tönen vieles auf den Kopf stellen, zögerliche Beobachter, die bereit sind, ein differenziertes Bild auszuhalten, nochmal andere, die vor lauter Gutmeinen verklärte Bilder aufstellen, oder Pragmatiker, die unaufhörlich auf Tabellen und Werte hinweisen. Ob es die niedrigen Mortalitätsraten oder die hohen Kaiserschnittraten sind – stramm wird verteidigt, heftig wird gefochten. Für jeden einzelnen geht es um mehr als die Geburt und zu wenig um die Entbindende selbst. »Authentisches« Sichselbsterleben, mystisches Selbstbild, Profilierungssucht, Machtmonopol, kaum erträgliches Ausgeschlossensein – die Haltungen, die das Ereignis Geburt umlagern, formieren sich zu Fronten. Allen rechne ich ein bestimmtes Maß an Aufrichtigkeit zu. Denn durch sie werden mehr oder weniger wirksame Schutzmechanismen in Gang gesetzt. Unbewußt wird die Gebärende von der Gewalttätigkeit der Geburt abgelenkt, und zugleich schützt das Kollektiv sich selbst vor der Unannehmbarkeit von Geburt. In der Mühe, Geburt zu integrieren, zu humanisieren, wird die Unzugänglichkeit des Vorgangs deutlich. Die kollektive Amnesie arbeitet daran, stabile Strategien, verläßliche Schutzschilde aufzustellen, um die Roheit, die die Weiblichkeit im Moment der Geburt vorführt, vergessen zu machen.

Jede Geburt trägt die einzigartige Biographie einer jeden einzelnen Frau in sich. Es läßt sich dezidiert nichts Allgemeines behaupten. Frauen beschreiben konkrete Abläufe von Geburten. Einige stellen bestimmte Details als rettend hin, andere prangern Jahre danach dieselben Details als besonders schrecklich an. Es gibt die Frau, die ewig traurig darüber sein wird, mit Kaiserschnitt entbunden zu haben, und die von Gefühlen des Scheiterns geplagt ist. Ihre Nachbarin wird stolz erzählen, daß sie für das zweite Kind einen Kaiserschnitt plant, weil sie niemals wieder durch die Tortur gehen will, die die erste natürliche und normale Geburt für sie war. Die Periduralanästhesie wird von einigen als entfremdend und entmündigend geschildert, wieder andere sprechen den technischen Fortschritt heilig, der das zustande brachte. Frauen, die eifrig Vorbereitungskurse aufsuchen, schildern, wie sie auf einmalige und entsetzliche Weise ins Schleudern kommen, sie berichten von Todesangst, Ekel und vielen anderen in den Abgrund weisenden Affektatmosphären. Andere beschreiben einen höllischen Geburtsverlauf und fügen dann strahlend hinzu, daß sie es »jederzeit wieder« tun würden. Die Vorsicht und die Hemmung von Frauen, ihre Erinnerungen auszudrükken, korreliert damit, daß sie befürchten, die Erzählung von den entsetzlichen Schmerzen oder ganz ambivalenten Gefühlen würde den Eindruck vermitteln, ihre Mutterliebe sei gestört. Die Angst, als schlechte Mutter zu erscheinen, ist massiv präsent – in Deutschland mehr als anderswo.

Die Geburt bleibt nach wie vor unzähmbar. Bei allen Schritten der Humanisierung kann das Abgründige, das Geburt immer enthält, nicht ausgelöscht werden; und die Frage stellt sich, was dies heute für die Weiblichkeit bedeutet. Wie lassen sich diese ungezügelten Bruchstücke animalischen Geschehens in die Idee des weiblichen Begehrens am Beginn des 21. Jahrhunderts integrieren? Was die Aufklärung an Wandel für unsere Kultur brachte, ist für Frauen auf fragile Weise assimiliert worden. Was macht die mündige Bürgerin nun mit der Gewalttätigkeit der Geburt? Wohin mit diesem Drama?

Geburt stellt im physischen und im psychischen Leben – mit starken oder weniger starken Schmerzen – einen Orkan dar. Auch für Frauen, die darauf beharren, diesen Orkan mit sentimentalen Ornamenten auszukleiden und die in der Geburt die produktive Quelle weiblicher Identität finden, auch sie oder gerade sie möchte ich an die abgründigen, die tierhaften Anteile des Gebärens erinnern. Die Gewinne des Geschehens sollen keineswegs geschmälert werden, sie sollen keineswegs als unwahr oder unecht hingestellt werden. Hier soll es aber um das andere gehen, um das, was für unser Bewußtsein als dringend verdrängungswürdig erscheint, und zwar nicht nur aus Bequemlichkeit. Denn es gibt in der animalischen Qualität des Geburtsvorgangs etwas, das für uns heute unannehmbarer sein könnte als je zuvor. Die Wehentätigkeit agiert autonom, macht sich unabhängig vom Bewußtsein – 2 Stunden, 12, 26, 45 Stunden lang. Mit der Niederkunft betreten wir unbekanntes Terrain. Es erscheint mir notwendig, diese Stelle aufzusuchen, weil sie sich in unser aufgeklärtes Verständnis von Weiblichkeit und Sexualität offenbar nicht integrieren läßt. Von dort aus läßt sich möglicherweise grundsätzlich neu über Weiblichkeit reflektieren. Denn die oft »Potenz« genannte Fähigkeit der lebenspendenden Weiblichkeit setzt zugleich Beunruhigendes frei. Wo Neugier und gegebenenfalls Vergnügen uns die eigenen Möglichkeiten bestaunen lassen, dort birgt die Generativität ihre Kehrseite: eine ungezügelte Gewalthaftigkeit. Im überwältigenden Naturgeschehen wütet eine Kraft, die das Individuum vollkommen negiert, nicht zuletzt durch die launische Tyrannei von starken Schmerzen.

Wie bringt sich die Frau nach dieser Naturkatastrophe in Sicherheit? Wie beeinträchtigt es ihr Verhältnis zum Körper? Wie wird dieses Kapitel im Selbstbewußtsein assimiliert? Wie wirkt es sich auf das heterosexuelle Verhältnis beziehungsweise auf seine und ihre Sexualität aus? Mit welchem Blick werden nun Männer gesehen? Welches Bild entsteht mit allen diesen Aspekten von der Idee der Familie?

Unsere Kultur hat hier regelrecht einen Keil vorgeschoben, der die unannehmbaren Anteile wegdrückt. Eine Plombe eher, die die sprengenden Anteile zuverlässig zusammenzuhalten vermag. Wenn wir in der Vergangenheit unserer und anderer Kulturen nach Hinweisen zum Umgang mit Geburt forschen, drängt sich allmählich eine Konstante auf: Wir rücken in die Nähe eines Unbehagens. Auf diesem Landstrich des dunklen Kontinents ist es zappenduster!

Es geht hier keineswegs darum, eine kollektiv ideologisch geschürte »Lüge« zu enttarnen. Es geht darum, zu beschreiben, wie schwierige oder bedrohliche Anteile von weiblichen Möglichkeiten im Rahmen von Geburt von der Gemeinschaft abgefangen und eingebettet werden – zu sehen, wie der Dialog zwischen Kollektiv und Gebärender in eine Ecke gerät, wo geflüstert und beschwichtigt wird. Eine Frau, die entbindet, entdeckt oder findet dort auch die Möglichkeit, in Abgründe zu blicken – wenn sie will beziehungsweise wenn sie kann. Die weibliche Psyche gerät an dieser Stelle auf vermintes Gelände. Im Geburtsgeschehen verdichtet sich die gesamte bisherige Biographie. Und in dieser Verdichtung wird nichts ausgelassen. Es wird nichts aussortiert. Dort wird die Luft dünn. Die Stabilität, die erforderlich ist, um eine Entbindung unversehrt zu überstehen, stellt eine Unmöglichkeit dar. Und der Rückgriff auf Hormone, um diese Erschütterungen zu erklären, ist wirklich lächerlich, ein billiges Ablenkungsmanöver, das zu nichts führt. Denn mit der physischen Qual der Geburt geht eine metaphysische Verletzung einher, deren Spuren langsamer heilen als Dammschnitt oder Dammriß und die in der Erinnerung – soweit sie zugelassen wird – den eigentlichen Schmerz ausmachen. Wie übersetzt sich dieser Schmerz später?

Nach der Geburt sucht die zivilisierte Citoyenne schleunigst wieder Anschluß an die Realität. Aber es ist, als sei der Film gerissen. Allzuoft kehrt eine Einsamkeit ein, die hier wohl am wenigsten vermutet wurde. Das Muttersein kann kaum realisiert werden. Wir wickeln die ersten Male das Kind, als würden wir eine eigene Wunde verarzten. Überhaupt ist die Beziehung zum Säugling anfangs wie zu einem Satelliten-Körperteil. Und zur eigenen Hand verspürt man wohl kaum ausgeprägte Muttergefühle – oder anders gesagt, es ist nicht Nähe, die gesucht werden muß, es ist eine vorher nicht gekannte Distanzlosigkeit, die manche irritiert und wieder andere verzaubern vermag. Das Kind hat etwas von Eigentum im buchstäblichsten Sinn des Wortes. Eben noch einverleibt, ist es uns eigen – es war bis vor kurzem in unserem Innern – zwischen Lunge,

Herz, Magen und Darm gequetscht. Und aus einer merkwürdigen Konvulsion ist es hervorgetreten, und das neue Gegenüber von Frau und hilfloser Menschminiatur wird augenblicklich in die vertrauten Gefilde der Mütterlichkeit geschoben. Wie sinnstiftend das obligate Mutterglück hier auftritt, es ist vorerst eine einzige Rette-sich-wer-kann-Maßnahme aus dem animalischen Abenteuer der Geburt.

Nun ist die Haltung zum Einsatz von Periduralanästhesie in Ländern, in denen entwickelte Technologien vorhanden sind, sehr unterschiedlich. Immer häufiger hören wir Stimmen, die die Geburt banalisieren und dabei das Natürliche betonen mögen. Nicht weniger vernehmbar sind aber auch Mediziner, die jede Geburt nicht ohne Grund für potentiell so risikoreich halten, daß sie die Tendenz, außerhalb der Krankenhäuser entbinden zu wollen, für unverantwortlich befinden. Mit dem Anspruch auf Sicherheit geht beispielsweise in Frankreich der Wunsch einher, die Frauen von der Barbarei der Schmerzen zu erlösen. So wird dort auch die PDA verstanden. Der Schmerz erfülle an und für sich keinerlei positive Funktion. Im Gegenteil, die Streßhormone können bei der Frau einen sehr hohen Blutdruck bewirken, Hyperventilation herbeiführen, Tachykardie und Angstzustände auftreten lassen, was alles nicht gerade der Entbindung förderlich ist und sich auf das Neugeborene auswirkt. Die PDA ermöglicht der Gebärenden, das Geschehen weniger erschöpft wahrzunehmen. Hebammen in Frankreich zeigen sich über die Befreiung der Frau von den Schmerzen erleichtert; dies ermögliche zwischen ihnen und der Entbindenden einen egalitären und respektvollen Kontakt: »Früher wurden die leidenden

Frauen durch den Schmerz infantilisiert, sie regredierten schrecklich, zwangen uns, sie permanent zu trösten und Händchen zu halten. Unter PDA ist es nun endlich möglich, von einer Kooperation zu sprechen. Unter zerreißenden Schmerzen ist der Begriff der Kooperation eine schiere Verlogenheit. Die moderne Geburtshilfe braucht nicht mehr die wildgewordene Frau, die unerreichbare, die sich im Schmerz vollkommen entfesselt.«

Jede Frau, die wünscht, ohne Angriff auf ihre psychische und physische Integrität zu gebären, soll im Rahmen von geburtsbegleitender Fachkompetenz dieses tun können. Das wäre eine der möglichen geschlechtsspezifischen Auslegungen des Grundsatzes: »Die Würde des Menschen ist unantastbar.« Und selbst, wenn sozusagen das schwer Annehmbare aufgehoben ist, werden die einen sagen, »wegliquidiert« die anderen, selbst dann ist das »Zutagetreten« eines neuen Menschen aus unserem Leib nicht weniger rätselhaft, nicht minder schwer verständlich.

Wenn wir heute Ärzte fragen, warum die Kaiserschnittrate so deutlich steigt, erfahren wir, daß der Eingriff selbst immer risikoärmer wird. Das heißt, daß in Fällen, die schwierig bis kritisch erscheinen, die Mediziner im Abwägen aller zur Verfügung stehenden Wege immer rascher einen Kaiserschnitt anordnen. Zwei, drei Wochen vor dem Ablauf der Schwangerschaft wissen manche Frauen schon, daß sie sich einem Kaiserschnitt unterziehen werden. Abgesehen von Komplikationen, bei denen der Eingriff geboten ist, reicht häufig schon die Lage des Kindes, sich für einen Kaiserschnitt zu entscheiden. Bei Beckenlage wird von vornherein der Kaiserschnitt geplant.

»Zum Glück kann heute jede Frau nahezu für sich selbst entscheiden, ob sie sich einen Kaiserschnitt wünscht.« Diesen Satz können besonders gut Frauen verstehen, die bereits entbunden haben, und er findet allgemein immer mehr Akzeptanz. Für Frauen aber, die noch nicht entbunden haben, wird dieser Satz allerdings etwas merkwürdig klingen. Denn in einem Kontext, in dem Natürlichkeit und Ursprünglichkeit immer größer geschrieben werden, wird ein aus freien Stücken gewählter operativer Eingriff mit viel Skepsis besehen. Zumal dabei ein vermeintlich identitätsstiftendes Urerlebnis offenbar links liegengelassen wird.

Aber die Frage, warum wir uns heute noch der Grausamkeit dessen unterziehen müssen, was landläufig »natürliche Geburt« genannt wird, erscheint mehr als legitim. Die Aufgabe aller, die der Gebärenden assistieren, muß es auch sein, ihr unerträgliche Schmerzen zu ersparen. Eine Hebamme sagte dazu: »Auf der einen Seite ist dies Folter, die nicht nötig ist. Aber die schmerzlindernden Mittel haben alle ihren Preis. Der Preis ist, daß vom Erleben ein Stück fehlt.« Die Frage ist, welchen Stellenwert wir diesem Stück Erleben beimessen. Bringt die Erfahrung, dem Tod gerade entronnen zu sein, Weisheit oder ein Gefühl, nun um so intensiver zu leben, mit sich? Wir hören häufig, daß extreme Erfahrungen wie Unfälle oder die Gewißheit einer inkurablen Krankheit zu schieren Coming-outs führen, wo erst dann das Gefühl, »richtig« zu leben, aufkommt. Aber kann der Ausweg aus der Schwangerschaft nicht auch ohne kathartische Katastrophe machbar sein? Im kollektiven Unbewußten gibt es ein unausgesprochenes Verhältnis zum Geburtsschmerz, das Frauen selbst nähren: in der Lage zu sein, den Geburtsschmerz auszuhalten, ist quasi gleichbedeutend mit der Fähigkeit, ein Kind zu gebären, die Prüfung zu bestehen. Als hätte ein sadistisches Frauenkollektiv, das selbst durch alle Qualen gegangen ist, den Maßstab für akzeptables Gebären gesetzt. Implizit wird den Frauen, die sich gut wirkender Schmerzmittel bedienen oder sich gar für den Kaiserschnitt entscheiden, suggeriert, daß sie sich um das wahrhaftig Weibliche gedrückt hätten, daß ihnen das Wesentliche entgangen sei, daß sie nicht mitreden könnten. Daß diese Ansicht noch sehr verbreitet ist, wird in Gesprächen mit Frauen, die via Kaiserschnitt oder Periduralanästhesie entbunden haben, spürbar. Sie verhalten sich so, als dürften sie nicht mitreden, als seien sie wegen Dopings disqualifiziert. Sind wir andererseits nicht versucht, die Frauen, die auf das Recht pochen, ohne Schmerzmittel entbinden zu können, als Masochistinnen anzusehen? Mein Verdacht ist, daß dieser Diskurs keineswegs aus Masochismus entsteht: Aus dem Mund von Hebammen, anderen Müttern, Ärzten ist sicherlich ein Quantum Sadismus dabei, aus dem Mund werdender Mütter blanke Indoktrination, bloße Ahnungslosigkeit.

Geburtsvorbereiterinnen und alle, die einer Erstgebärenden beistehen, tendieren verheerenderweise dazu, den Schmerz zu verharmlosen. Sie empören sich nicht über den physischen und mit ihm einhergehenden metaphysischen Schmerz und sehen ihn nicht als etwas, das zwar von Kultur zu Kultur, von Individuum zu Individuum, von Biographie zu Biographie ganz eigene Akzente tragen kann, aber stets etwas Unduldbares für den Menschen bleibt. In der Unbequemlichkeit, die dort entdeckt werden kann, ruhen die Ansätze, die uns helfen könnten, mit mehr Würde und Selbstschutz durch dieses Abenteuer hindurchzugehen.

Das Unbehagen, das aus der Kluft zwischen weiblichem Körper und bürgerlicher Identität entsteht, verleitet Frauen allzu häufig, nach einem »ursprünglichen Authentischen« zu suchen. Bemüht wird eine Kultur, in der Frauen vermeintlich frei von männlichem Blick, Zugriff und Kontrolle sind. Wie schon Irene Hardach-Pinke ausspricht, »dieser ›authentische‹ Körper ist Fiktion«. Der männliche Blick aus dem weißen Arztkittel, der männliche Zugriff und die männlich-ärztliche Kontrolle, die legitimerweise in die Kritik geraten sind, schrumpfen dennoch in ein lächerliches Nichts neben dem, was mit Frauen bei der Geburt passiert. Es ist, als würde ein Passagier der untergehenden *Titanic* sich beschweren, daß sein Glas umgestoßen wurde.

Was sich antipodisch gegenübersteht, sind nicht das Kontrollmonopol männlicher Ärzte und ihrer Geräte und die weisen, autonomen, naturverbundenen Frauen und ihre Einfühlsamkeit. Was sich antipodisch gegenübersteht, sind ein weibliches Selbstbewußtsein beim Aufbruch ins 21. Jahrhundert, das auf ein vorangegangenes Jahrhundert von Aufklärung, Mitbestimmung, Bürgerrechten, Autonomie und materieller Unabhängigkeit zurückblicken kann, und die animalische Wirklichkeit des Gebärens, die das Individuum negiert, verachtet und ausschaltet.

Für die Zeit des Gebärens entsteht ein Widerspruch der an die Grundlage weiblicher Identität rührt. Gebären paßt nicht in unsere Zeit. Die Sorgfalt, mit der wir sauber die Anarchie der Affekte eingedämmt haben, macht die Geburt zu einem für das weibliche Bewußtsein mehr als sperrigen Residuum: eine Erniedrigung des Individuums, im Grunde ein Atavismus. Statt der Verschiebung auf den feindlich-männlichen medizinischen Apparat käme es vielmehr darauf an, in jenen

Spiegel zu schauen, den der Vorgang des Gebärens uns vorhält.

Wie läßt sich die Roheit von Geburt, ihre animalische Brutalität in eine Idee von Weiblichkeit heute integrieren? Setzt diese nicht geradezu voraus, daß wir nur einen sehr reduzierten Begriff von Natur zulassen wollen und können? Ebendieser Entwurf wird von dem Ereignis Geburt sabotiert. Die zivilen Tugenden des bürgerlichen Individuums können Geburt trotz aller Humanisierungsversuche nicht aufnehmen, nicht weichspülen, nicht assimilieren.

Könnte es auch sein, daß erst dann die Macht, die in weiblichen Möglichkeiten eingebunden ist, souverän gelebt werden kann, wenn Frauen sich der ihnen vorgeblich vorbestimmten Tortur entledigen? Die Biologie pfeift auf Emanzipation und Grundrechte. Ihr erbarmungsloser Übergriff ist um so zynischer, wenn gerade bei der Geburt »authentisch Weibliches« gesehen wird.

Heute haben wir, zwar auf sehr wackeligen Füßen, das Recht auf Abtreibung für uns. Ist die freie Wahl, schmerzfrei zu gebären, nicht auch ein Grundrecht?

Sade oder die absolute Einsamkeit

Neben allen körperlichen Qualen, die immer den unwiderruflichen Anspruch auf ihre Beseitigung mobilisieren werden, gibt es eine andere Sphäre des Schmerzes, gegen die aller technischer Fortschritt ohnmächtig bleibt: der Schmerz und das Leiden an der Existenz. Landläufig als postpubertäres Tief verharmlost, nimmt der Schmerz am Sein zunehmend unkenntliche Züge an im immer perfideren Sirenengesang von Ersatz und Ablenkung.

Der Atheismus, der diesem Schmerzgefühl scharfe Kanten verliehen hat, schuf neue Rahmenbedingungen für das schutzlose Dasein. Sade gehört zu den Aufklärern, die sich dessen am vehementesten angenommen haben. Er hat sich der Loslösung von der Idee des Schutzes durch Gott mit erstaunlicher Angstfreiheit gestellt. Die Radikalität, mit der er die Idee von Gott und deren vermeintliche Auffangnetze über Bord wirft, befreit den Menschen von seiner Schutzhülle und wirft ihn in die eisige Kälte ganz spezifischer Schmerzen, denen sich andere Aufklärer nie so konsequent ausgesetzt haben wie er. In diesem Punkt ist Sade der Figur des Don Giovanni von Mozart ganz nahe: Sich nicht beugen, bis zuletzt Gott die Stirn bieten. Und während die Flammen der Hölle uns schlukken, der eigenen Angst stets trotzen, klar bleiben. Mozart inszenierte den Stoff von da Ponte in der Zeit, in der Sade *Die hundertzwanzig Tage von Sodom* schrieb.

Sade konfrontiert uns in diesem unnachgiebigen Text ohne Fluchtweg mit der bestialischen Natur des blanken Begehrens. Im widerlich grellen Licht dieser Erzählung entreißt er uns allen gewohnten Rechtfertigungen im Verstecken asozialer Phantasien, in denen wir so vertraut und geübt sind. Das Nichts den Illusionen der Liebe entgegenhalten, bis wir taumeln. Annie Le Brun nennt ihn den »inventeur du néant«, den Schöpfer des Nichts. Eines Nichts, das die überwältigendste konkrete Gewalt in sich birgt. Wir sind umzingelt, nackt, entblößt in unserer größten Verletzbarkeit. Die Luft wird dünn, rien ne va plus.

In seinem erbarmungslosen Versuch, das Begehren zu objektivieren, zerrt uns Sade in die düstere Nacht unseres Innenlebens, wo sich ein unermeßliches Gefühl der Einsamkeit in die Gefilde grausamer Vorstellungen mischt. Sade reißt uns in die tiefsten Abgründe mit dem Ziel, uns der Essenz dessen, was uns ausmacht, so beunruhigend nahe kommen zu lassen, bis wir einen Identitätsverlust verspüren, der ins Uferlose führt. In der Abgeschiedenheit von Schloß Silling, Schauplatz der *Hundertzwanzig Tage von Sodom*, atmet er auf: »Welche Ruhe, welcher Grad von Sicherheit mußte den Verbrecher erfüllen, den die Bosheit mit einem Opfer hierherführte. Er war allein, außerhalb Frankreichs, in einem sichern Lande, im Grund eines unbewohnbaren Waldes, in einem Versteck dieses Waldes, das durch die getroffenen Maßregeln den Vögeln des Himmels allein erreichbar war, er war hier im Grunde der Eingeweide der Erde.«

Die Moral Sades, schreibt Blanchot, gründet sich auf die Urtatsache der absoluten Einsamkeit. Sade hat es ausgesprochen und in allen Formen wiederholt: Die

Natur läßt uns allein geboren werden, es gibt keinerlei Bindungen zwischen einem Menschen und einem anderen. Georges Bataille schildert die Tragik der Sadeschen Einsamkeit als Ergebnis der »Offenbarung der Wahrheit der absoluten Negation«.

Sades enorme Textproduktion ist entsprungen aus einer doppelten Isolation: derjenigen des kreativen Prozesses und derjenigen der realen Gefangenschaft. Der kreative Prozeß erhält in der Gefangenschaft eine deutlich autistische Färbung. Verschärfend hinzu kommt, daß die politischen Rechtfertigungen, die Sade vom Kollektiv abverlangt werden, ihn dazu drängen, die kreischenden Töne des heuchlerischen Selbstverständnisses sowohl der Bourgeoisie als auch des Adels zu lüften. Er teilt großzügig seine Hiebe aus, er bleibt unbestechlich. Beauvoir hat beteuert, wie bemerkenswert es ist, daß er auf jede Protektion, die er zu Beginn spielend für sich hätte gewinnen können, verzichtet hat. Sein großer Leichtsinn vor seinen Verhaftungen gibt Rätsel auf. Er hat die realen Gefahren offenbar immer unterschätzt. Der Bourgeoisie reibt er die Verlogenheit ihres Mitgefühls, ihrer Tugendhaftigkeit und ihrer neu entdeckten Anständigkeit und Servilität unter die Nase. Die dekadente Truppe aus Versailles hofiert er nicht, da sie ihm schlichtweg zu langweilig ist – wie er lapidar nach seinem einzigen Besuch am Hof kommentiert.

»Der größte Schmerz des anderen zählt immer weniger als mein eigenes Vergnügen.« Hier läßt Sade die tatsächliche Struktur des Menschen außer acht, die Notwendigkeit der Beziehung zum Mitmenschen. So kommt er dem Gefühl zuvor, das uns im Sexuellen mehr als anderswo immer wieder erschrecken wird: In seinem intimsten Versuch, dem anderen nahezukommen, wird der Mensch von einem überwältigenden Gefühl der Einsamkeit heimgesucht. Und mit dem Sarkasmus des »mein kleinstes Vergnügen ist mir wichtiger als dein größter Schmerz« trifft er nicht nur das, was das Sexuelle unter anderem charakterisiert, sondern nimmt zugleich nicht ohne Häme das ganze Barmherzigkeitsgesäusel auseinander und zerlegt die Unaufrichtigkeit der vorgeschobenen Selbstlosigkeit. Er benennt eine zweifache Wunde: Die Liebe des anderen und die Nächstenliebe. Die eine ist Utopie, die andere Betrug. An dieser Stelle macht sich Sades Größe sichtbar, er hat dem aufrechten Gewissen kein Hintertürchen offengelassen. Das Individuum wird gestellt. In seiner Rettung der Würde ist seine Radikalität schwindelerregend.

In der Angst, die ihm die absolute Einsamkeit einflößt, schreibt Sade ohne Unterlaß. Er schreibt alles. Er dekliniert alle erdenklichen Abscheulichkeiten empirisch durch. Mit seiner blasphemischen Schreibweise rennt er ans Ende der Welt, auf der ständigen Suche nach mehr Sauerstoff. Der Schmerz, der in ihm wütet, zwingt ihn zur Gnadenlosigkeit. Deshalb triumphiert Sades lebensbejahende Anklage in der absoluten Negation. Der Humor, den er sich zuweilen noch immer erlaubt, verrät seine Fragilität, seine Großzügigkeit, seine Kindlichkeit. Ob als verlorener Narr, gefährlicher Pornograph oder Antichrist abgestempelt – die Menschheit verbannt ihn schon zu Lebzeiten 27 Jahre lang. Seine Texte sind in unserer Kultur an Blasphemie kaum zu überbieten. In seiner absoluten Negation offenbart Sade den entsetzlichen Widerspruch, der in unserer Kultur der Sexualität anhaftet: Er lenkt unsere

Aufmerksamkeit auf einen Ort, an dem Schrecken und Lust aufeinandertreffen, ungezwungen und logisch. Und genau darin besteht Sades Überschreitung: das Unerträgliche im Sein, das uns dem Nichts nähert. Schrecken und Lust gehen Hand in Hand, weil das Sexuelle physische Intimität und extreme Distanz zugleich ist. Die ersehnte Vereinigung ist eine Illusion. In dieser Wunde hat Sade regelrecht gewühlt. Seine provokative Kraft ist damit noch immer ungebrochen. Denn wir entpuppen uns schließlich als nicht Lernfähige, und als solche klammern wir uns mit verzweifelter Gier an diese Illusion. Die Illusion, das Sexuelle verberge eine Lösung, einen Ausweg, einen Weg, eine Überraschung, ein Etwas. Ob kläglicher Rettungsversuch für die Seele und die Sinne, wir lassen nicht los, auch wenn viele Abgeklärte sich immer wieder bemühen, uns von der Bedrängnis des Begehrens zu befreien. Gefallene Engel, die wir sind, hören wir nicht auf zu hoffen. Der Betrug, den die Unmöglichkeit von Zweisamkeit kaschiert hatte, wird uns stets in wilde Unruhe versetzen. Und wir werden umherirren und suchen, bis es nicht mehr schmerzt.

Anmerkungen

1 Ionesco, Eugène: La cantatrice chauve – antipièce suivi de La leçon – drame comique, Paris 1954.
2 Lüdemann, Gerd: Der große Betrug. Und was Jesus wirklich sagte und tat, Lüneburg 1998.
3 Darnton, Robert: George Washingtons falsche Zähne oder noch einmal: Was ist Aufklärung? Ins Deutsche übertragen von Henning Ritter, München 1996.
4 Stauber, Manfred: Psychosomatische Gynäkologie und Geburtshilfe, München 1991, S. 3.
5 Rey, Roselyne: Avec ou sans douleur: une conquête dans l'histoire, aus: Souffrances, in: »Revue autrement« / Nr. 142, Paris 1994, S. 72–84.
6 Celsus, Aulus Cornelius: De re medicina. Proemium, erstmals ins Französische übersetzt 1876, erneut übersetzt von W. G. Spencer, Loeb Classical Library, Bd. 3, Paris 1971.
7 Molière – Jean Baptiste Poquelin: Le malade imaginaire, Paris 1973.
8 Pouchelle, Marie-Christine: La prise en charge de la mort: médecine, médecins et chirurgiens devant les problèmes liés à la mort à la fin du Moyen Age (XIIIe–XVe siècles), Archives Européennes de Sociologie 17.2, Paris 1976, S. 274.
9 Larrey, Dominique Jean Baron de: Mémoires de chirurgie militaire et campagnes, hrsg. v. Smith J. / Buisson F., Bd. 1, Paris 1812–1817, S. 307. Erschütternde Schilderungen der furchtbaren Bedingungen, unter denen auf den Schlachtfeldern Amputationen durchgeführt wurden. Weiterhin: Soubiran, Antoine: Sur Larrey. Le Baron Larrey, chirurgien de Napoléon, Paris 1966, S. 521.
10 Baillière, Germer: Leçons orales de clinique chirurgicale faites à l'hôpital de la Charité par M. le professeur Velpeau, Bd. 1, Paris 1840, S. 66.

11 Schilderung der Ereignisse in der »Revue médicale«, Bd.3, Paris 1948, S. 576–597. Ausschnitte aus »Monthly Journal of Medical Sciences«, Oktober 1848, S. 209.

12 Bulletin de l'Académie royale de médecine, séance du 23 février, S. 400–409.

13 Rey, Roselyne: Histoire de la douleur, Paris 1993, S.193/194.

14 Heine, Heinrich (1835): Die romantische Schule, Köln 1995, S. 11.

15 Condorcet, Marquis de – Marie Jean Antoine de Caritat: »Raisons qui m'ont empeché jusqu'ici de croire au magnétisme animal« (1794), eine antimesmeristische Ansicht, in: Darnton, Robert: Der Mesmerismus, München 1983, Anhang 6.

16 Heine, Heinrich: Zur Geschichte der Religion und Philosophie in Deutschland, in: Werke, hrsg. v. H. Schanze, Frankfurt am Main 1968, Bd. 3, S. 163.

17 Diese Rede hielt Thomas Mann anläßlich seines 70. Geburtstags am 6. Juni 1945 in der Library of Congress in Washington.

18 Hufeland, Christoph W.: Vorwort in Kant, Immanuel: Von der Macht des Gemüths, Leipzig 1824. S. 8.

19 Kant, Immanuel: Von der Macht des Gemüths, Leipzig 1824, S. 26/27.

20 Weber, Max (1904): Die protestantische Ethik und der »Geist« des Kapitalismus, Bodenheim: 1993. S. 144.

21 Diner, Dan: Verkehrte Welten. Antiamerikanismus in Deutschland, Frankfurt am Main 1993. S. 15.

23 Ebd., S. 29.

23 Heine, Heinrich: Geständnisse, in: Werke, hrsg. v. H. Schanze, Frankfurt am Main 1968, Bd. 4, S. 491.

24 Bohrer, Karl-Heinz: Ein bißchen Lust am Untergang, Frankfurt am Main 1978. S. 116.

25 Foucault, Michel: Überwachen und Strafen. Die Geburt des Gefängnisses, Frankfurt am Main 1994. S. 19.

26 Ebd., S. 25.

27 Diese Ärzte sind Flöter (ein vehementer Anwalt von Schmerzpatienten in Frankfurt a. M.), Zieglgängsberger (eine Galionsfigur der Grundlagenforschung zum Schmerzgedächtnis in Münschen), Marianne Koch (mit der Deutschen Schmerz-

liga e. V.), Gerhard Müller Schwefe (Leiter des Schmerztherapeutischen Kolloquiums e. V.), Dietrich Jungck (Deutsche Gesellschaft für Schmerzforschung und Schmerztherapie e. V.).

28 McDougall, Joyce: Plädoyer für eine gewisse Anormalität, Frankfurt am Main 1989. S. 416.

29 Bubis, Naomi / Mehler, Sharon: Schtika, Frankfurt am Main 1996, S. 236.

Literaturverzeichnis

Baillière, Germer: Leçons orales de clinique chirurgicale faites à l'hôpital de la Charité par M. le professeur Velpeau, Bd. 1, Paris 1840.
Bohrer, Karl-Heinz: Ein bißchen Lust am Untergang, Frankfurt am Main 1979.
Bubis, Naomi / Mehler, Sharon: Shtika, Frankfurt am Main 1996.
Celsus, Aulus Cornelius: De re medicina. Proemium, übersetzt von W. G. Spencer, Loeb Classical Library, Bd. 3, Paris 1971.
Chasseguet-Smirgel, Janine: Das Paradoxon der Freudschen Methode. Vortrag zum 25jährigen Jubiläum des Sigmund-Freud-Instituts in Frankfurt am Main im Dezember 1985.
Darnton, Robert: Georges Washingtons falsche Zähne oder noch einmal: Was ist Aufklärung? Ins Deutsche übertragen von Henning Ritter, München 1996.
Darnton, Robert: Der Mesmerismus, München 1983.
Diner, Dan: Verkehrte Welten. Antiamerikanismus in Deutschland, Frankfurt am Main 1993.
Drakulić, Slavenka: Als gäbe es mich nicht, Berlin 1999.
Duden, Barbara: Geschichten unter die Haut, Stuttgart 1987.
Duras, Marguerite: La douleur, Paris 1985.
Foucault, Michel (1975): Überwachen und Strafen. Die Geburt des Gefängnisses, Frankfurt am Main 1994.
Freud, Sigmund (1905): Drei Abhandlungen zur Sexualtheorie. Studienausgabe Bd. V, Frankfurt am Main 1989.
Freud, Sigmund (1919): »Ein Kind wird geschlagen«. Studienausgabe Bd. VII, Frankfurt am Main 1989.
Heine, Heinrich (1835): Die romantische Schule, Köln 1995.
Heine, Heinrich: Werke, hrsg. v. H. Schanze, Frankfurt am Main 1968.
Ionesco, Eugène: La cantatrice chauve – antipièce suivi de La leçon – drame comique, Paris 1954.

Jünger, Ernst (1934): Über den Schmerz, aus: Sämtliche Werke Bd. 7, Stuttgart 1978.
Kant, Immanuel: Von der Macht des Gemüths, Leipzig 1824.
Kaplan, Louise: Weibliche Perversionen, Hamburg 1991.
Larrey, Dominique Jean Baron de: Mémoires de chirurgie militaire et campagnes, hrsg. v. Smith J. / Buisson F., Bd. 1, Paris 1812–1817.
Le Breton, David: Anthropologie de la douleur, Paris 1995.
Le Brun, Annie: Sade, aller et détours, Paris 1989.
Lüdemann, Gerd: Der große Betrug: Und was Jesus wirklich sagte und tat, Lüneburg 1998.
Mann, Thomas (1945): Rede über Deutschland und die Deutschen, Berlin 1947.
Mann, Thomas: Meine Zeit, Amsterdam 1950.
McDougall, Joyce: Plädoyer für eine gewisse Anormalität, Frankfurt am Main 1989.
Molière – Jean Baptiste Poquelin (1673): Le malade imaginaire, Paris 1973.
Pouchelle, Marie-Christine: La prise en charge de la mort: médecine, médecins et chirurgiens devant les problèmes liés à la mort à la fin du Moyen Age (XIIIe – XVe siècles), aus: Archives Européennes de Sociologie 17.2, Paris 1976.
Reik, Theodor (1941): Aus Leiden Freuden, Hamburg 1977.
Rey, Roselyne: Histoire de la douleur, Paris 1993.
Rey, Roselyne: Avec ou sans douleur: une conquête dans l'histoire, aus: Souffrances, in: »Revue autrement« / Nr. 142, Paris 1994.
Rimbaud, Arthur: Sämtliche Dichtungen – zweisprachige Ausgabe, München 1997.
Sacher-Masoch, Leopold von (1869): Venus im Pelz, Frankfurt am Main 1980.
Sade, Donatien de: Die hundertzwanzig Tage von Sodom, Dortmund 1979.
Scarry, Elaine (1985): Der Körper im Schmerz, Hamburg 1992.
Schwob, Max: Schmerz, Paris 1999.
Stauber, Manfred: Psychosomatische Geburtshilfe und Gynäkologie, München 1991.
Weber, Max (1904): Die protestantische Ethik und der »Geist« des Kapitalismus, Bodenheim 1993.

Rechtenachweis

Marcus Hammerschmitt

Instant Nirwana

Das Geschäft mit der Suche nach dem Sinn

Essay

107 Seiten. Gebunden

ISBN 3-351-02793-1

Wünschelruten, Pendel, Runensteine, Tarot und Totenbücher sind die Insignien verschiedenster esoterischer Richtungen. In einer gottlosen Welt an die Stelle der Religion getreten, versprechen sie dem Menschen das, was er sich für noch soviel Geld nicht kaufen kann.

Marcus Hammerschmitt demaskiert die Esoterik in ihren phantasievollen Ausprägungen als schieren Nonsens. Er hinterfragt die Hintergründe und trifft dabei stets den richtigen Ton zwischen gehobenem Feuilleton und Philosophie.

Gertrud Lehnert

Mit dem Handy in der Peepshow

Die Inszenierung des Privaten im öffentlichen Raum

Essay
125 Seiten. Gebunden
ISBN 3-351-02797-4

»Niemand ist anders, aber alle wollen anders sein. So gibt es nur noch die lebenslängliche Suche nach der eigenen Unverwechselbarkeit, und sie ist zum wichtigsten Daseinszweck für viele geworden: Das Ich und seine bestmögliche Entfaltung haben in unserer Kultur allerhöchste Priorität.«

(Aus: Gertrud Lehnert,
Mit dem Handy in der Peepshow)

Provikant hinterfragt Gertrud Lehnert, was geschieht, wenn wir das Privateste unablässig zur Schau stellen.

Aufbau-Verlag

Florian Weyh

Die ferne Haut

Wider die Berührungsangst

Essay
128 Seiten. Gebunden
ISBN 3-351-02799-0

»Als dem Menschen die Laus im Pelz saß, bildete er Horden, um der Laus Herr zu werden. Damit sorgte er für eine gleichmäßige Verbreitung der Laus, und von den beiden Linderungsmöglichkeiten, die Horde aufzulösen oder den Pelz abzuwerfen, wählte er letztere. [...] Niemand braucht seinen Nächsten der hilfreichen Lausung wegen, oder weil es ihm am Rücken kratzt; die Handlangerdienste der Horde sind obsolet, ja störend geworden. Die Berührungskultur stirbt an mangelnder Zuwendung.«

(Aus: Florian Felix Weyh, *Die ferne Haut*)

Uns berührt, was uns berührt, aber zwischen Knopfdruck und Mausklick geht uns der Tastsinn verloren. Klug und anspielungsreich plädiert Weyh für die Wiederbelebung einer Kultur der Berührung.

Aufbau-Verlag